基督宗教译丛 ● 卓新平 主编

企业家的经济作用和社会责任

Der Unternehmer

Seine ökonomische Funktion
und gesellschaftspolitische Verantwortung

[德]魏尔汉 著

Pauter H. Werhahn

雷立柏 等译

华东师范大学出版社

华东师范大学出版社六点分社　策划

总　序

　　基督宗教有着两千多年的文化历史,与整个人类文明发展密切关联。按其宗教信仰及思想精神传统,基督宗教的核心构建乃源自古代希伯来文明与希腊文明之结合。在漫长的历史演变进程中,基督宗教已经成为西方思想文化的重要载体,亦被理解为西方社会发展的"潜在精神力量"。在当今世界,基督宗教从其规模之大、传播之广、信众之多等方面来看,都可堪称世界第一大宗教,在世界宗教文化体系中起着举足轻重的作用,有着不容忽视的定位。随着"全球化"的发展,基督宗教的"普世性"亦有其重要体现,其信仰蕴涵和社会展示已不再仅限于西方世界,而是具有"全球"意义,有着世界宗教的典型特征。

　　回顾基督宗教的悠久历史和多元发展,可以看出其乃宗教精神、思想体系、文化传统、社会建构和政治制度的复杂共构,其信仰表现在精神、境界、理念、情感、实践、结构、传统、民俗等多个层面,彼此之间亦有着奇特的交织。在其形成和发展过程中,基督宗教乃不断充实其内涵、完善其体系、扩大其影响。这样,它逐渐铸就其自我形态,形成其存在特色。总体来看,可以说基督宗教是一种具有崇拜上帝这样绝对一神观念并突出耶稣基督为救主的宗教信仰体系,以及与之相关的精神价值形态和道德伦理观念;基于其核心信仰精神和价值观念,它发展出其独有的神学理论框架、教义礼仪体系、哲学思维方式、语言表述形式、政治经济结构、社会法律制度、行为规范准则、文学艺术风格、传统风俗习惯等;在其信仰精神和社会存在方式的制约或影响下,基督宗教群体或个体亦有其独特的生存选择、思想情感、文化心态、致知取向、审美情趣和灵性修养。而其教会及教阶制度也提供了其与众不同的社会结构、组织机构和政治建构。

基督宗教的第一个千年是其创教和确立的时期,其间它经历并促成了欧洲历史从上古希腊罗马向欧洲中古文化的转型,而且它在从古代地中海世界向中世纪欧洲社会的转换之中还出色完成了这些古代文明发展中"知"、"行"、"信"之阶段的过渡和融合,从而积极参与了欧洲社会政治的重构和西方思想文化体系的创建,使之进入一个"信仰的时代"。基督宗教的第二千年则是其由欧洲到"西方世界"、从"西方宗教"到"世界宗教"的发展时期,其信仰体系的完成曾导致"神本主义"的流行和经院哲学的鼎盛,而中世纪多个阶段的"文艺复兴"亦使基督宗教帮助欧洲走出中世纪最初的"黑暗",步入其近现代发展;尤其是多种宗教改革运动虽然导致了基督教会的分化和多元,却也促成了欧洲民族国家的兴起和其信仰真正走向世界,发展为全球性宗教,由此使基督信仰能够有多种表述、并在遍及全球的人类多种文化中得以展现。而基督宗教的第三千年从一开始就充满挑战和刺激,如何面对"全球化"的发展和"世俗化"的趋势,如何化解政治的对抗和文明的冲突,基督宗教必须在多元文化、多种宗教的相遇和对话中重新认真审视其"神圣性"、"真理性"、"普世性"和"公共性"的诉求,以面向一个未知的新千纪。

在基督宗教的思想文化发展中,留下了浩如烟海的文献、史料。这是人类宝贵的精神财富。也是我们了解、研究世界宗教与文明历史的重要资料。我国较系统、成规模的宗教研究刚刚开始，仍然需要翻译、研习大量的外文著述。关于中西比较和对话的意义及方式，徐光启曾非常精辟地指出，"欲求超胜，必须会通；会通之前，先须翻译"。因此，西文中译工作乃是了解和研究西方、"明中西之交"的第一步。只有知彼才能真正对话，只有对话才能达其沟通，也只有沟通才能取长补短，最终达到"超胜"之目的。在进入21世纪之后，中西对话势必加强，而作为两种"强势"文化体系的中国文化与基督宗教文化的相遇、交流、互渗、沟通也必然会达到一个前所未有的高潮。这两种文化的对话及其结果，对于双方的未来发展都至关重要，而且还可能会影响到整个人类社会今后的走向及其命运。实现"和而不同"，有赖于相互沟通和理解，知道彼此的"同"与"异"。而"和"则势必要开放、包容、有其"海纳百川"的气势，表示"多元共在"的姿态。

基于这一考虑，我们开始组织翻译古今基督宗教的相关重要著述，作为"基督宗教译丛"出版面世。其选题以基督宗教的思想理论为主，但亦包括其在历史发展、社会文化诸领域的重要著作。通过推出这套译丛、以及其主题今后的发展和扩展，我们希望能有助于当今中西思想、文化和宗教对话，以展示基督宗教这样一种典型的世界宗教来认识人类宗教的深度和广度，把握人类文明得以持续发展之"潜在的精神力量"，真正看到并准确理解人类存在中的"信仰"意义，为构建"和谐社会"、促成"世界和谐"做出具体的努力和贡献。

卓新平
2007 年 10 月于北京

基督信仰中的社会经济

目　　录

汉 译 本 序

在当代基督宗教理论体系的发展中，基督宗教对于现代社会种种问题的理解和观点格外引人注目。为此，我们组织翻译出版了德国学者卡尔·白舍客(Karl-Heinz Peschke)教授的《基督信仰中的社会经济》(德文书名 *Wirtschaft aus christlicher Sicht*，英文书名 *Social economy in the light of Christian faith*，1991 年初版)。作者的名著《基督宗教伦理学》(汉译本第 1 版于 2002 年在上海三联书店出版)也论述社会、经济和政治所涉及的伦理问题，而其汉译本也受到广大读者的欢迎。

白舍客于 1932 年生于德国 Breslau(今波兰西南地区的西里西亚)，曾在德国学习基督宗教哲学、天主教神学，此间加入德国天主教传教修会"圣言会"(SVD)，于 1958 年被祝圣为司铎。他在获得伦理学博士学位后曾在德国、奥地利、意大利、巴西、菲律宾各地大学任教，而他的《基督宗教伦理学》影响很大，已被译成许多欧洲语言，也被译成朝鲜语和日本语。

白舍客的《基督信仰中的社会经济》从天主教的现代思想来论述一些基本的经济伦理原则。天主教会的社会思想和经济伦理在汉语学术界中是一个刚刚展开的研究领域,在此有必要对其基本情况和相关重要著作加以说明。

天主教会的社会思想(the social teaching of the Catholic Church)并不是一种系统化的、永恒的定性道理,而是教会根据其《圣经》启示与传统,通过长久的聆听、反省、修正而把自己的社会思想阐明与发挥。教会的社会思想以神学及哲学为其基础,又参考社会科学与人文科学的相关领域。天主教从 1891 年(《新事》通谕)以来所发表的文献包含教会的社会思想的主要观点和教导。

教会社会思想的来源有两方面:一方面来自基督宗教的福音信息,包含其伦理道德的种种要求;另一方面来自今日的社会问题;教会的社会思想必须结合这两方面的因素。换言之,这种福音的信息要面对今日工业化社会及现代社会—经济制度所产生的种种问题。在这种相遇中,人们能够看到人类的种种需要。教会把这些需要带到伦理反省中;这种反省通过不断的学术研究及信仰团体的经验,越来越趋向成熟。教会关于社会、经济和政治问题的教导在其内部有一定的权威性,但人们也不应该忽略每一个文件的具体历史背景。因此,不应该将这些文件当称一些"永不可变的信条",实际上,教会是在其发展变化中试图发现每一个时代的特殊使命和走向更好的未来的动力。

从历史的发展来看,第一位比较全面论述社会问题和经济问题的教宗是良十三世(Leo ⅩⅢ,亦译"利奥",其任期从 1878 年到 1903 年)。他于 1891 年颁布《新事》(Rerum novarum,缩写为"RN")通谕,成为教会社会训导的首创者。这篇通谕以其独特的批评警告,震憾了当时自由主义及资本主义占霸权的欧洲社会,引起极大的争论和反应,因为良十三世(Leo ⅩⅢ)谴责当时工人所受的不人道待遇,呼吁各国政府采取主动的政策,干预经济制度并改善当时充满严重弊病的资本主义。这部通谕同时也修改了天主教在传统上关于工作和私有财产权的观点,并强调社会上的合作原则,指望用各阶级的"合作"来代替"革命"和"阶级斗争"。《新事》通谕一方面肯定工人的权利,谴责一种"放任主义的资本主义",但另一方面又不同意暴力"革命",而力图在经济和社会思想的种种极端观点中寻找一种中间路线。

在《新事》通谕后 40 年,教宗比约十一世(Pius Ⅺ)于 1931 年发表了第二篇社会通谕:《四十年》(Quadragesimo anno,缩写为"QA")。他对于教宗良十三世(Leo ⅩⅢ)指出的社会问题作了更进一步的探讨,并精心勾勒出一个全球性的经济制度。在 1891 年到 1931 年这一时期中,许多欧洲国家都经过很多社会、政治与经济的变化(比如投票权的普及等等),而许多工人的生活水平与工作条件也已经获得了相当大的改善。因此,这时教宗的看法也有所改变。良十三世(Leo ⅩⅢ)原先呼吁各国政府主动干预经济制度,主动进行改革,但比约十一世(Pius Ⅺ)不太强调政府的作用和国家的角色,反而更重视那些"中间机构"(比如各种工会组织)的作用。

下一任教宗是比约十二世(Pius Ⅻ,1939 年到 1958 年),其任职期间遇到第二次世界大战。这位教宗并没有发表一个"社会通谕",但在其讲演中也曾多次呼吁人们注意到社会、经济、法律和政治的问题,特别在二战期间还通过电台广播劝导和平。

被称为"改革教宗"的若望二十三世(Johannes ⅩⅩⅢ,亦译"约翰",职期 1958—1963 年)曾颁布了两篇重要的社会通谕:《慈母与导师》(Mater et magistra,缩写为"MM",1961 年)和《和平于世》(Pacem in terris,缩写为"PT",1963 年)。在《慈母与导师》通谕中,这位教宗主要是针对社会问题的国际性。他强调,财产虽然属于个人,但是个人财产也有普世人类的意义,不仅仅属于个人,而在某种程度上属于普世人类。他也很注意社会上的平等权利,说工人有权利更积极地参与生产过程政策的决定。《和平于世》通谕则讨论各种政治团体(国家)各方面的生活关系。为了继续阐明世界各国这种"大家庭"的和平及世界联盟等问题,教宗在这个通谕中所训导的人的基本权利,与联合国于 1948 年所发布的《人权宣言》大体上相吻合的。

梵蒂冈第二次大公会议(1962—1965 年)有关社会问题最重要的文件是 1965 年 12 月 7 日所发布的《论教会在现代世界的牧职》(*Gaudium et Spes*,缩写为"GS")宪章。这个文献论述很多问题:教会在现代世界的使命、人的尊严、人与社会关系的种种原则、社会与经济生活的秩序、教会与政治的关系、维护和平及推动国际团结等等。

不久后,教宗保禄六世(Paulus Ⅵ,亦译"保罗",1963—1978年)颁布了《万民发展》通谕(*Populorum progressio*,缩写为"PP",它亦被译为"人类发展"、"诸民族的进步"、"民族进步"等;原文的 populorum 指"各民族")。这篇通谕主要针对世界的饥饿和贫困。教宗强调全人类的发展,分析国际性困难的理由,论及贸易行为与社会正义等问题。在 1971 年,教宗保禄六世(Paulus Ⅵ)为纪念《新事》通谕,发表了《八十周年》(*Octogesima adveniens*,缩写为"OA")通谕,强调基督徒对现代政治生活的责任,认为应尊重不同的政党,要更注重社会上的正义,并且(与《慈母与导师》一样)指出,应该分开人们的历史行动及其背后的意识形态。所谓"历史行动"与"背后意识形态"之间的区分意味着,教会要求人们采取重"言行"的态度,具体地说,虽然教会对无神论的社会主义在意识形态上持不同观点,但仍然会接受社会主义在某些国家中的具体改革发展,肯定其推动社会前进的工作。

在同一年(1971 年),天主教世界主教代表会议在罗马召开,首次讨论世界的正义问题。深思反省的结果构成了《世界正义》(*Justice in the world*)文献。主教们认为,福音的活力能使世人所期望的大同世界实现。"为正义奋斗,一同参与改善世界,在我们来看,是宣扬福音的建设性的活动。"这一文件曾影响了许多男女修会团体，去寻求自己在梵二以后在教会中以及在世界中的职位。

　　教宗若望·保禄二世（Johannes Paulus Ⅱ，亦译"约翰·保罗"）也曾发布了一些针对社会问题的通谕：《人的工作》（*Laborem exercens*，缩写为"LE"，1981 年）、《社会事务关怀》（*Sollicitudo rei socialis*，缩写为"SRS"，1987 年）和《百年》（*Centesimus annus*，缩写"CA"，1991 年）。《人的工作》通谕论及人的工作意义，指出工作的客体维度，也发挥行动和工作的主体维度，特别强调"人是工作的主体"。其中一些原则是：劳力优于资本；人优于劳力（就是说，工作是为人，不是人为工作），天主优于人。这个通谕甚至提出一种"工作灵修"（spirituality of work）。在《社会事务关怀》通谕中，教宗将《万民发展》（PP）通谕所论及的题目再加以研讨。他强调全球各国的迫切任务是：要作出一种正义的经济与政治决策，要以所有民族的相互依存（interdependence）为原则。他又指出世上有无数的人仍然缺乏最基本的生存条件，贫富不均日益显著，造成民族间分裂，而民族与民族之间缺乏团结的精神（solidarity）。教宗解释"发展"的真正意义与这种发展的障碍，即所谓的"罪恶的结构"：人们的自私和集体的自私，拜金主义和争权夺势的种种现象。在《百年》通谕中，若望·保禄二世（Johannes Paulus Ⅱ）讨论东欧各国的新发展，指出比较自由的经济制度（自由市场经济）的优点，但也强调，社会应该关怀每一个人的福利。教宗承认，全世界的情形日趋多元化，越来越不容易管理人类各方面的生活；这部通谕论及社会主义、资本主义、文化、民主以及人权的种种问题，而教宗在此也再一次肯定"经济以人为中心"的原则。

　　以上的文献和通谕阐明天主教会在社会和经济伦理方面所坚持的一些基本的原则，就是：personality（"个人的原则"，强调个人的尊严，如：人是其工作的主体），solidarity（"团结精神"，对别人的关怀），subsidiarity（"辅助性原则"，就是"大的团体"仅仅应"辅助"

小的团体,但不可以取缔或太多干预小的团体,如家庭要尽量完成自己能够完成的任务,而国家应该提供辅助),participation and sharing(参与和分享的原则),interdependence(互相依存关系),dialogue(交谈、对话),non-violence(非暴力原则)等等。

在这种思想基础上,《基督信仰中的社会经济》的作者白舍客较为系统地阐述了自己的观点。他的思想具有一定的代表性,为我们理解现代天主教神学界的一些基本看法提供了很好的参照。在当前经济全球化的时代氛围中,天主教的社会经济思想及其经济伦理观念已越来越引起我们的关注和研究。在了解、研究当代世界宗教尤其是当代基督宗教的现状及发展趋势中,天主教社会思想和经济伦理的内容乃是其重要组成部分。因此,我们希望本书的翻译出版能促进当代中国对基督宗教伦理学和天主教的社会思想的分析和研究。

卓新平

2007 年 11 月于北京

导　言

　　"经济生活是一个重要的领域,而且我们在其中活出我们的信仰——关爱邻人,面对诱惑,完成上主的创造性计划,甚至在其中走向神圣(achieve our holiness)。"①经济活动对于人们生存的基本物质条件具有重要的影响。众多男人和女人都投入经济活动,无论在工厂、在田园、在办公室或者在商店里,他们都依赖于经济。② 作为一种社会性的实体,经济活动的特点是许多参与者在共同企业里的合作,同时进行"分工"。这样就需要一种共同的目标和目的。

---

① 见 *Economic Justice for All*(《给所有的人的经济正义》), Pastoral Letter on Catholic Social Teaching and the U. S. Economy (Washington, NCCB, 1986), Introduction no. 6。

② 见 J. Messner 对于经济的定义:"利用稀少的资源来完成一些任务——这些任务来自人生的终极目标并要符合正当的理性考虑(the utilization of scarce means in the service of tasks set by the existential ends in accordance with right reason)"(*Social Ethics*, St. Louis & London: Herder Book Co. , 1965, 748)。经济学的经典定义是:"对于'为了达到某些目标而重新分配稀少的资源'的研究(the study of the allocation of scarce resources to achieve alternative ends)"。

经济的正当作用是一种服务性的作用;经济本身没有意义(it has no meaning in itself)。[①] 就是在这里,道德价值的层面发挥作用。不仅是经济中的先知者(领导人和专家),而且越来越多的个人和社会群体意识到:这个领域需要一种伦理导向。在一种农业经济或前工业化经济的静止体系中,经济活动的目标主要是满足人们的基本物质需要。在这样的情况下,那些关于经济的另一些目的、标准或规律的问题似乎是多余的。然而,一个工业化的和后工业化的(post-industrial)社会经济是动态的,它远远跨出"满足人们最基本的物质需要"的范围,因此,对于经济更深远的目标的问题成为一个不可回避的难题。

自从其开端时期,工业社会中出现了一些缺陷和不公正的现象。然而,值得注意的是,不仅仅在工业化时期,"在任何时代,经济秩序都有了一些不可接受的缺点和缺陷"。[②] 在几千年的漫长历史阶段中,相当多的世界居民曾经是奴隶。农民很容易成了农奴,他们被迫去作奴役,成了没有行动自由的奴隶。中世纪的工会团体(guilds)在很大的程度上限制了他们成员的经济创造性,并阻碍成员转向其他的行业。但在工业化的过程中,人们才开始组织起来,共同抵抗经济秩序中的种种不义。毫无疑问,工厂的条件促进了这种组织和抵抗,因为在工厂里的工人天天要一起工作,有了密切的关系,所以也能够组织起来,能够集体行动。从此,社会

---

① "经济的作用是提供和使用一些'工具',也就是说提供一些服务性的措施"(O. von Nell-Breuning, *Gerechtigkeit und Freiheit. Grundzüge katholischer Soziallehre*, Wien: Europaverlag, 1980, 147 页)。

② 见 B. Häring, *Free and Faithful in Christ*(《基督内的自由和忠信》), vol. 3, 1981, 306 页。Card. Höffner 认为,穷困不仅仅是工业化时代的现象,但早就有很高程度的穷困。"在某些城市中,人口的 7% 到 10% 就是乞丐。比如,在 1476 年,Cologne(科隆)的 4 万居民中有 3 千个乞丐"(见 *Economic Systems and Economic Ethics. Guidelines in Catholic Social Teaching.* Ordo Socialis No. 1, Cologne 1988, 11 页)。

各个层次中的人越来越多地关注经济领域中的正义或不正义的条件。

保卫正义的理想就是伦理神学和伦理学义不容辞的责任(It is the task of moral theology and the ethical sciences to defend the ideals of justice)①。不过,学者们也不应该忽略某一个特定的地区或民族的具体条件和可能性。比如说,对于那些工业化刚刚开始起步的民族来说,我们不能要求它们给予和发达国家一样高的工资或社会福利,因为发达国家已经有了更大的财富。另外,必须考虑到一些根深蒂固的传统习惯。这些习惯创造了一些不太理想的社会结构。虽然如此,如果想突然改变这些不理想的结构,社会组织将会受到严重的破坏,而社会将会失去稳定性。"伦理神学不能忽视这些条件,否则它难免陷入一种无用的'意志主义',一种天真的'乌托邦主义'或一种无效的'先知主义'。"②

---

① 在原文中,"正义的理想"是复数,而"伦理学科"也是复数,在汉语中未充分表达出来。——译者注

② 见 Marciano Vidal, *L'atteggiamento morale*, vol. 3（Assisi: Cittadella, 1981）, 294 页。韦伯(Max Weber)早就注意到"心态伦理"("意向伦理"Gesinnungsethik)和"责任伦理"(Verantwortungsethik)之间的差别,而这种区别是很重要的。"心态伦理学家看到诸价值的正确秩序,他纠正一些标准,但他很少注意到那些阻碍实践伦理原则的东西。他想,善意将会克服一切,如果一个人愿意,他也会实现某一个价值。另一方面,责任伦理学家也承认同样的价值秩序的约束性,但他同时也意识到,实现这个秩序的可能性在很多方面受到具体的限制,所以他更重视一种相对善的行为,而不注意一种无限美德的乌托邦。责任伦理学家知道,实现某一个道德价值也需要具体的、专业性的资格",所以当他提出要求时,他似乎更小心,更谦虚谨慎,但同时他也比较公正和实在。（见 Peter H. Werhahn, *Die moralische Bewältigung des wirtschaftlichen Fortschritts*,《从道德的角度面对经济的发展》Schriftenreihe des Bundes Katholischer Unternehmer, NF 9, Köln, Bachem, 1964, 9 页）。

第一章　社会经济的本质和目的

如果想研究和评价任何经济活动,必须先了解经济有哪些目标和目的。在社会经济伦理学的领域中,这些目标和目的也处于核心位置。

一、不完善的观点和理论

经济学的专家们曾多次——甚至太多次——拒绝了经济学领域内的道德性考虑。他们曾说,这些伦理学的观点对经济学是一种侵占或控制。他们主张,经济学和生物学或医学一样本身就是一种独立的学科(a science in its own right)。经济学的基本任务是研究经济规律,而根据这些规律,人们能够以最少量的资源——资源都是稀缺的——来生产最多的物品,以最经济的方式提高产量(Its fundamental task is the study of the laws which permit the optimum combination of means for the maximizing of the output together with the minimum use of scarce resources)。他们认为,在这个科学性的任务方面,经济学就是独立的,不需要考虑到伦理道德的问题。

实际上，梵蒂冈第二次大公会议也曾说"经济活动必须根据其内在的方式和规律而进行"（见 GS 64）[①]。在研究和澄清这些方法和规律方面，经济学确实享有一种独立性。如何使用这些规律来制造某一个具体的物品——这并不是道德上的问题，而是专业知识和技术能力的问题。如果在这种能力和知识里存在着某一个道德性因素，那就是：引导经济发展的人们应该掌握最好的知识和专业能力。

然而，在选择（决定）将要生产的物品方面（the *choice* of the object to be produced）也出现个人责任感的问题。当然，一旦选择了某一个要生产的东西，不再需要作更多的伦理考虑，就可以根据经济学的规律去生产它。不过，某一位经理具有选择的自由：在生产好的娱乐物品或生产色情杂志之间，他必须作出选择和决定，要么推销有害的毒品，要么推销好的药品；要么生产假的葡萄酒，要么生产真正的好酒。毫无疑问，这就是一种自由的道德选择，而一个人将必须为这个选择负责任（for which a person is held responsible）。

当然，在大多情况下，人们所选择的并生产的产品是一个真正有用的产品，一个为众人确实有益处的物品，因为大多的客户也仅仅对这些有用的产品有兴趣。企业家应该在生产这些东西时注意到两个原则，即成本不要太高，而且还要有利润（in an economic and in a profitable way）：成本不高意味着，很多人能够购买这个产品；有利润意味着，企业可以健康地发展。

因此，在某个程度上，经济活动的目标是利润。对于自由主义的经济学来说，利润最大化甚至是经济管理的最高目的。根据自由主义的资本主义的看法，经济学就要提供一些方法和规律叫人们达到这个最高利润的目的——并且不受任何道德价值的干涉。这些人宣布一种逍遥法外的，不考虑到（道德）价值的经济学（a value free

---

[①] GS：*Gaudium et spes*，《教会在现代世界牧职宪章》第 64 段。

science of economics)。然而,他们的代表者很少意识到,自己的价值体系经常是一种功利主义的伦理体系(an utilitarian ethics)。

教会和很多别的权威都异口同声地反对这样的说法:"利润或市场优势(profit or domination)"是经济活动的基本目标(见 GS 64)。虽然一个企业都需要有一点利润,才能够生存和发展,虽然追求合理的利润也是正当的,但"利润"只能是企业的次要目标。如果利润是首要的目的,只能会带来许多不义的现象——在这方面的例子太多。① 一切反驳功利主义的论点也能够反驳一种纯粹以利润为目标的经济,因为这样的经济只是一种功利主义的形式。

如上所述,产品的生产需要考虑到利润,但也要考虑到一个经济的生产方式(成本低),这样尽可能多的人能够买得起这个产品。这就导致了"提高社会总产量"的原则,而无论是自由主义或社会主义,都拥护这个原则。根据这个原则,只有一个导致最高的经济总产量的经济活动是有意义的。然而,这种目标如果要成为经济的终极原则也是可疑的。"如果社会总产量的提高同时也威胁一些更高的文化价值,那么它就不再有意义。"②比如说,如果刚刚生了孩子的妈妈几个月后就去工作挣钱,这确实会提高社会的总产量,但其代价是这样会牺牲一些重要的精神性的价值(important non-material values,如婴儿的关照和教育)。同样,如果人们在星期天去上班也能够提高社会的产量,但其代价是另一些精神性的价值:星期天的休息和对安息日(主日)的圣化。

总而言之,"纯粹的利润率"或"社会总产量的最大化"或"尽可

---

① 比如,欧洲几个国家曾在 1988 年想把自己那种含毒的垃圾送到阿斐利加(Africa),但在那里的诸国都无法处理有毒的垃圾,只是因钱财的压力而勉强地接受了,有时候为一吨仅仅获得 2.5 美元。这些垃圾有的对人和自然是非常有害的,本来需要很多钱来适当地处理这些。

② 见 P. H. Werhahn, *Die moralische Bewältigung des wirtschaftlichen Fortschritts*,同上,5 页。

能多人的物质财富"都不能成为社会经济的终极目标。这些标准都是一种功利主义的伦理思想的标准。如果从普遍正义和基督信仰的要求(in the light of the demands of universal justice and Christian faith)进行考虑,这些功利主义的观点都是站不住脚的。

二、社会经济的真正目标

公教的社会教导始终强调,经济必须为人服务,而不是反过来:人不应该成为经济的奴隶。梵二(梵蒂冈第二届大公会议)曾说:经济生产的基本目标"必须是为人的服务,就是说为整个人的服务,包括人的物质需要以及他在知识、道德、灵性和宗教方面的需要。如果我们说'人',那就指的任何人或任何群体,无论来自什么种族或来自什么地区。"(GS 64)。

美国的主教团曾以简明扼要的方式指出:"我们先要看某一个经济制度为人们提供一些什么和加给人们一些什么压力,以及它如何允许一切人参与在其中,这样才能够评价它(We judge any economic system by what it does FOR and TO people and how it permits all to PARTICIPATE in it)。经济要为人们服务,而不是反过来。"①若望·保禄二世(John Paul Ⅱ,亦译"约翰·保罗")也同样(参见 SRS 42;CA 57)②坚持说,必须特别注意到穷人。这并

---

① 见前引书,*Economic Justice for All*,导论,第 13 号。

② 公教的 8 部社会通谕的缩写如下:RN (*Rerum Novarum*《新事》,1891 年,Leo ⅩⅢ著),QA (*Quadragesimo Anno*《四十年》,1931 年,Pius ⅩⅠ著),MM (*Mater et Magistra*《慈母与导师》,1961 年,Johannes ⅩⅢ著),PT(*Pacem in Terris*《和平于世》,1963 年,Johannes ⅩⅢ著),PP(*Populorum Progressio*《万民之进步》,1967 年,Paulus Ⅵ著),LE(*Laborem Exercens*《工作》,1981 年,Johannes Paulus Ⅱ著),SRS(*Sollicitudo Rei Socialis*《社会事务》,1987 年,Johannes Paulus Ⅱ著),CA(*Centesimus Annus*《百年》,1991 年,Johannes Paulus Ⅱ著);OA(*Octogesima Adveniens*《八十年即将来》,1971 年)指 Paulus Ⅵ所著宗座牧函(Apostolic Letter)。所给出的数字不指页码,而指通谕的段落。

不是说,经济的最后目标是为穷人服务——这将是一个太狭窄的定义。不过,某一个经济制度对于穷人的忽略很明显表明,这个经济制度不要坚决地实现上主为整个人类的普世性计划(the neglect of the poor is quite evidently a sign that an economic system does not resolutely stand at the service of God's universal plan for mankind)——实现这个计划的前提是:一切人都有能力,有效地能做出一点贡献。

因为经济本身要为更高的,更大的目标而服务,所以"它既不是人和社会的唯一目的,又不是最高的目标。然而,经济必须在诸目标的秩序中获得其应该有的位置。"①比经济更高的价值是人的尊严,人的自由,某些文化价值,宗教和道德,以及上主对世界的普遍计划。

虽然如此,另一个观点也是对的,即:经济的需要尽管是最低级的需要(the most humble),但为人间的生活也是最不可缺少的。在这一点上就可以看出,经济为什么也是一件高尚的事。如果不满足人们的物质需要,那么人们也不能达到更高的价值。"如果经济的物品不足够多,那么人们就必须优先地和迫切地确保这些物品,必须忽略其他的需要。"②人们先需要有某种足够的物质生活水平,才能够更自由地面对和追求其他的价值。因此,物质上的进步是一个适当的和可求的目标(Material progress is therefore a legitimate and desirable goal)。

A) 一些接近经济目标的目标

经济最直接的目标是满足人们的物质需要:提供食品、衣服、

---

① 见前引书,J. Card. Höffner, *Economic Systems and Economic Ethics*, 26 页,亦见 MM 246。
② 见 Jean-Marie Aubert, *Morale sociale*(《社会道德》,Assisi: Cittadella, 1975), 35 页。

住宅、交通工具、机器等,而且要长期地和稳定地提供这些东西。不过,经济也提供一些非物质性的产品,比如向大众媒介提供信息,律师事务所提供法律咨询。无论如何,经济所关心的是人在现世的一些需要。完成这个目标,就使一切人都有能力过一个符合人性的生活(all people will be enabled to live lives fit for human beings)。

这样就产生一个问题:什么是一个"符合人性的生活"(a life fit for human beings)?哪些价值应该获得满足?我们可以说,沉溺于毒品中的生活不是一种符合人尊严的生活,而渴望吸进一些剧烈的毒品也不是一种应该获得满足的需求。如果澄清这个问题,我们同时也会理解经济的真实和纯正目标。

我们曾引用了梵蒂冈第二届大公会议的说法,即:经济生产应该要为"人的物质需要以及知识性的、道德性的、灵性的和宗教性的需要"而服务(GS 64)。一个为人们真正的需要而服务的经济就是一个为公益而服务的经济。因此,一切经济活动必须(以各式各样的方式)有助于实现这个目标——公益是经济的更高目标。

公益(the *common good*,公共利益)可以描述为:一切社会生活条件,使人们更方便地和更充分地成全自己以及完成人生指定的诸目标(the sum of those conditions of social living whereby men are enabled more readily and more fully to achieve their perfection and appointed ends)(参见 GS 74)。① "在教会的文献中,作为术语的'公益'通常被理解为一种服务性的价值(in the sense of a service value)。"②

---

① 根据《教会在现代世界牧职宪章》74 号,公益的定义是这样的:"所谓公共福利,则包括:一切社会生活条件,使私人、家庭及社团可以比较圆满而便利地成全自己"。在 DH(《信仰自由宣言》)6 号中,有类似的定义。如果提到"人生指定的诸目标(appointed ends)"就是说,人也必须为其他人以及为上主的计划而服务,这就是所"指定的目标"。

② 见前引书,O. von Nell-Breuning,35 页。

这样,公益包括一些设备,诸如学校、医院、社会服务、能源供应、马路系统等等。不过,不能太过分地从制度、组织和技术的角度来看"进步"。归根到底,公益存在于某一个社会的成员所实现的价值和美善。首先,纯正的进步在于更大的物质保障,整个社会在身体和精神方面的健康状态,一种足够高的教育水平以及社会成员的训练,一切人的工作机会,宗教和文化生活的优良条件,社会正义这个重要价值,真正的自由和人们之间的平等。(公益的另一种领域是建立及确保和平与社会的秩序,但这更多涉及到国家法律,而不直接涉及到经济活动。)社会成员所实现的那些价值也属于社会生活的条件,而这些条件——如上所述——使人们更圆满地成全自己,更全面实现所指定的目标(to achieve their perfection and appointed ends)。

应该指出,所谓的公益不仅仅指目前一代人的利益,也包括未来的人的利益。因此,经济活动的考虑也必须包括对环境的影响,经济对家庭生活的影响,以及关于竞争能力的研究。经济不可以支持那些与公益相矛盾的需要,更不可以为了利润的缘故而创造一些空虚的需求。

公益所提供的工具应该帮助人们完成他们的种种任务,因为人们单独靠自己就不能完成这些任务,至少不能很圆满地完成这些任务。因此,公益的作用是辅助性的和补充性的。因此,公益本身也不是最终的目标,它还要为一些更高的目标而服务。梅斯那(J. Messner)称这些目标为"诸存在性目的"(existential ends)。"诸存在性的目的赋予人们一些任务,而公益将要帮助一切社会成员完成这些任务。"[1]因此,这些目的也就是经济活动的更高目标。[2] 根据梅斯那的观点,这些存在性的目的是:自我保护和保持

---

① 见前引书,J. Messner,129 页。

② 见11页注②。

（包括身体和精神的完整性），自我的成全（包括加深自己的知识并改进生活条件），婚姻和孩子的生育培养，关心和照顾别人的福利，社会联结以促进公共生活，对于超越形式的"善"和"价值"的投入（commitment to goodness and value in its absolute, transcendent form）——特别是对上主的敬拜，与上主的合一。[1] 如果人们要求说，经济活动应该促进"人的解放，人的教育，人的文化发展以及人对文化活动的参与能力"，[2]这些说法也就包含着这些刚才列出来的"存在性目的"。

根据这些"存在性的目的"，我们就能够辨别清楚，公益到底应该完成哪些任务。不过，因为有了好几个这样的目的，也会出现一些冲突，或者说，只能实现一部分的目的，不能实现全部。比如，一个人患肾病，而需要进行肾透析，但这个病人的家庭也许很穷，生活在一个发展中的国家，而这个国家迫切地需要一切资源为建立一些公共设备。在发达的国家中也会有类似的情况，如：一个人需要动心脏手术。另一个例子：一个人想结婚，但这样他就不能再照顾更多的人的物质或精神福利。如何解决这样的冲突呢？ 在不同目的和目标中有什么样的"先后秩序"，而这种秩序建立在什么准则上？"人的最终目标"（the ultimate end of man）这个原则就能够解决这个问题。

B) 经济的最终目标

经济的最终目标与人生的普遍目标是分不开的。这个最终的目标提供一个无所不包的框架，而在这个范围内，道德性的判断是

---

[1] 参见前引书，Messner, *Social Ethics*，19 页。

[2] 见 Luigi Lorenzetti, *Trattato di etica teologica*，Vol. 3《神学伦理导论》Bologna: EDB, 1981），78 页。

可能的并且是有效的。因此，正确地理解最终的目标非常重要。若望·保禄二世(John Paul Ⅱ)曾写道，"更新今天的社会是一个伟大的任务，而其前提是再次理解人生的终极意义和人生的基本价值。这些价值是首要的，优先的；只有当我们意识到这些价值的优先性，我们才能够处理现代科学所提供的无数的可能性，这样才会促进人的真正发展。"①在基督宗教伦理当中，这个最终的目标是为上主的光荣而服务，是天国的发展，也就是正义、爱与和平的国家的促进，也是上主对世界那种创造性的计划的发挥。虽然对于非基督徒来说，"上主的光荣"或"天国"之类的价值可能没有太多帮助，但他们也会同意和支持这样的目标：更进一步地发挥受造界并实现正义、爱、和平等价值。当然，对基督徒来说，在这条路上，他们需要上主圣神的引导，因为只有祂(圣神)知道整个工程的蓝图。

从这个世界的角度来说，通过逐渐发挥和实现上主的历史计划，上主的光荣日益显著。人们"可以理直气壮地认定自身是在以其劳动，来发展造物主的工程，来照应弟兄们的需要，并以个人的辛勤来助成天主对历史所作的计划"(GS 34，亦见 GS 57 和 67)。为了达成这个目标，人应该利用大地的资源，通过自己的工作去发展大自然以及发展自己本身，并且在社会、经济和政治的领域中促进合作和一种健康的社会生活。② 一种"符合人性的生活"就是一种使人有能力去完成这些目标的生活。经济活动始终得注意到这些目标。

当然，人们的观点在这方面也许会有一些出入：什么行为在具体的条件下能够最好地确保这里列出来的诸目标，或说最好地回

---

① 见 Apostolic Exhortation，*"Familiaris Consortio"*(1981 年)，8 段。

② 关于终极目标及其具体内容的详细论述，请见 K. H. Peschke，*Christian Ethics*，vol. Ⅰ(Alcester and Dublin: C. Goodliffe Neale, 1989)，87—99 页(汉译本：白舍客《基督宗教伦理学》第一卷，(上海三联，2002 年)，97—105 页。

应公益、存在性的诸目标、上主的天国或上主的创造性计划？"从理论到政策的道路很复杂，也很难。"道德价值和伦理目标"必须注意到经验因素，它们涉及到历史、社会和政治的实在，也涉及到对于有限资源的竞争性要求。"①因此，一个人在经济伦理方面所作的判断不仅仅取决于某些基本的道德原则，但也取决于这个人对于经济学的理解和认识。然而，在如何解释某些统计数字的问题上，有时候也可以作不同的解释。

无论如何，对于经济政策和决定来说，道德原则仍然是很关键的。伦理神学提供一些目标，而这些目标也进一步获得更具体的描述，所以它们能够成为理性辨别和判断的基础。

---

① 　见前引书，*Economic Justice for All*，第 134 段。

第二章　从基督信仰角度看一些
经济理论和经济体系

哪一种经济制度是正当的或适合的？这个问题一直是一个热门话题。在今天的世界里，特别对那些发展中的"第三世界的"国家是一个急迫的难题。最有影响的一些思想体系仍然是两个：资本主义和社会主义，或者说市场经济和中央计划的经济（专家们通常比较喜欢后面的称呼）。

这两个鲜明对比的体系在世界上很少以纯粹的、理想的形式出现过。在具体的生活中，自由的资本主义很快经过一些调整，并且接受了一些社会的和政治的限制。在另一方面，社会主义也同时受了自由市场政策的影响。

在两个极端理论的中间，人们曾想出了许多折中性的经济制度。在此，我们要更多注意到两个比较有特性的中间的体系：社会市场经济（social market economy）和民主社会主义（democratic socialism）。

美国主教团主张"教会不必然支持某一个具体的经济、政治或社会制度（the Church is not bound to any particular economic, political, or social system）；教会曾与许多经济和社会制度共存过,而在未来也会是这样。"①教会能够接受不同形式的政治和经济。教会的任务不在于规定某一个国家应该采纳哪一种政治和经济制度。然而,教会曾与许多经济制度共存过这一事实,并不意味着教会在同样的程度上肯定这些。因为教会不能影响政治家们选择某一个具体的经济制度,所以她(教会)经常不得已地被强迫与一些经济形式共存,尽管教会的社会教导很明确地反对这些制度。实际上,在公教会(天主教)的判断中,不是所有的经济制度在道德上都是一样的(not all systems are morally equal),而教会也拒绝两个极端的制度[即自由主义的资本主义和集权主义的社会主义](见 QA 10;PP 26;33;SRS 21)。②

如果要寻找一个可行的经济制度,人们必须结合理论和由实践所获得的经验。在有的情况下,理论上最美好的措施是不能实现的。如果一些神学家和宗教领袖想谈论社会和经济的问题,他们应该懂得一些基本的经济学概念和事实,否则他们就会遇到批评。教会的权威范围不在于某些经济策略和政策的具体有效性,但教会应评价这些经济政策是否符合人类的价值和人性的终极目标。这首先是教会的任务,而教会的代表者也应该注意到这些。

一、自由的资本主义

对许多人来说,资本主义似乎是"旧社会的经济制度",是"有

---

① 见前引书,*Economic Justice for All*,第 130 段。
② 虽然教会不提供关于一些具体的经济的描述——这些具体的制度始终取决于历史条件——但她"提供自己的社会教导,作为一个不可缺少的、理想的指南……这个教导承认市场和企业的积极价值,但又强调,市场和企业的目标是公益。"(CA 43)。

产阶级的剥削制度"，是"既得利益团体巩固自己地位"的制度，是一种支持上层人的不公平制度。然而，耐人寻味的是，亚当·斯密(Adam Smith)的名著《众民族的财富》(*The Wealth of Nations*，亦译为《国富论》，1776 年)——它是资本主义理论的最早经典之一——曾是为了反驳一种压迫性的、根深蒂固的制度而写的。这本书的对手是(17—18 世纪的)重商主义，就是专制主义的经济理论(the mercantile system, the economic theory of absolutism)。

　　重商主义的基本观念是这样的假设：世界上的民族所能够掌握的财富是固定的，它有固定的限度，而这个财富就被认为是钱和黄金。因此，一个国家越成功地为自己积累财富，别的国家能够掌握的财富就越少。人们曾称这个理论为"得失所系理论"(zero-sum-theory 也译为零和游戏)，因为根据这个理论，一国获得多少财富，另一国就会失去同样多的钱。然而，因为"钱"也等于是"权"，所以这些专制主义的国家就会积累尽可能多的财富。因此，当时的外贸政策都是增加出口(因为这样获得金钱)，同时尽量要限制入口(因为外来的产品是花钱的)。为了确保这些目的，(17—18 世纪的)政府们以众多的限制和控制干涉了贸易。①

　　针对政府这种窒息贸易的控制，亚当·斯密和他的追随者要求贸易自由。他们说，经济活动的目标不是国家的利益，而是居民的需要。他们认为，公民自己最清楚，什么是有用的，什么是良好的产品，在这方面他们不需要君主的指导。而且，如果每一个人追求那些自己最需要的东西，所有的人也将因此获得利益，换言之，

---

① 在 19 世纪，"自由贸易"的理论被接受，所以那些要继续封闭自己的港口的国家受压力——这就导致所谓的"鸦片战争"；当时的主要目标是开放远东的港口。——译者注

个人的自私导致大家的福利。因为,如果一个木匠想要推销自己的产品,他必须尽量以合理的价格生产一些质量高的家具。虽然他在这方面的动机就是自己的利润和自己的好处,但他仍然必须注意到客户的需要,否则就不能成功。① 根据这些说法,经济进步和富强的钥匙就是创办企业的自由和健康的自利心。自由资本主义的口号是:企业自由、竞争自由、贸易自由。他们认为,需求和供应的规律能够调节整个经济过程。

另外,他们拒绝重商主义这个"得失所系理论",认为这是一个很简单的悖论,因为金钱本身不能满足任何需要。金钱的价值就在于它是一个工具:通过它人们能够获得生活的必须品:食品、衣服、土地、房产、家具、汽车等,而这些物品也同样构成财富。然而,如果一个人不在这些东西上花所有的钱,而存一部分金钱来建立一所工厂,那么他的钱就能够再次创造新的财富。这个被投入的钱被称为"资本"。"资本主义的重大发现是认出这一点:资本能够成为生产的一个因素……资本是财富的一部分,这部分不被投入于消费,而被投资于生产。"②在这种理论中,"不去消费"创造资本(abstinence gives rise to wealth),而资本创造新的财富。"现有的财富能够创造新的财富,如果人们不浪费现有的财富,但储存并投

---

① 每一个人都不断地需要别人的协助。获得这些帮助的最好方式不是依赖别人的慷慨(这是乞丐的方式),而是给予协助者一个相当的报酬,也就是说,回应他们的自利心。"我们希望获得一个晚餐,但这不是来自面包匠、屠夫和啤酒厂老板的仁爱,而是来自他们为自己谋求的利润。我们始终不向他们的仁爱提出呼吁,但向他们的自利心说话,我们也不会提到我们自己的需要,但始终说他们的服务为他们自己提供什么好处。只有一个乞丐会依赖于别人的慷慨心"(A. Smith,《国富论》,第一卷,第一章,7 页)。

② 见 M. Novak, *Freedom with Justice. Catholic Social Thought and Liberal Institutions* (San Francisco: Harper a. Row, 1984), 90 页;整个段落具有很高的信息价值,87—96 页。

资它。"①因此,我们不能说,"利己"必然是"损人"的,不能说,如果
一个人或一个国家发财,别人(或别的国家)必须付出同样大的代
价。一个人或一个国家能够创造自己的财富,如果他用所储存的
钱作为投资,这样建立一些生产性的企业。

　　实际上,资本主义的许诺——就是"各国的财富会不断增加"
的许诺——也并不是一个空虚的希望。那些通常被称为"资本主
义国家"的地区也是最发达的国家。200年以来,这些国家经过了
一种不可思议的创造性的爆发(a tremendous explosion of crea-
tivity)。"这种历史性的创造力的爆发中的所有创新和一切发明
似乎都来自一些民主的资本主义国家。"②虽然民众的生活水平一
开始仍然比较低,但它始终逐渐上升。③ 20世纪诸工业化国家的
广泛福利政策的前提条件也就是自由市场经济所获得的经济
进步。

　　上面说的这一切都是对的,但如果仔细研究这些工业化的"资
本主义"社会和国家,我们就能知道,其中没有一个国家以纯粹的
形式拥护资本主义的诸原则。在这些国家中有很多法律注意到社
会上的问题(social legislation),而这些法律都不来自资本主义的
思想,但来自一些别的,并且更为"利他性的"根源(from quite
diverse and more altruistic sources)。资本主义制度的那些规律

---

① 见同上。
② 见同上,161页。
③ 自由民主的经济在提高人类生活水平方面有很大的贡献。人们批评说,根据一些
　专家的估算,"世界上8亿人生活在饥饿当中。然而,仅仅200年以前,整个地球的
　人口也仅仅是8亿,而他们的生活也可以描述为'孤独自私、穷、不卫生、和野兽一
　样、寿命率低'。现代化的创造力让世界人口增加到46亿,而其中有36亿已经逃
　脱了最可怕的穷困状态"(见M. Novak,前引书,164页)。

本身是相当自私的和非人性的(individualistic and impersonal)。①
如果社会性的法律或个人的伦理原则不控制"利己之心",当然会
出现以自我为中心的经济活动,对个人的忽略,以及剥削的现象。
也就是出于这个理由,资本主义的制度始终收到很多批评。但如
果一种注意到社会问题的法律(social legislation)不存在或没有
影响力,穷人就被剥削,就受到压力。

"这样的事实并不否定另一个真理,即利己的心态和竞争是一
些有动力的因素。"②自由资本主义的重大贡献是,它认识到了自
由企业和自由贸易的重要性,没有这些因素,经济就不能创造性地
发展。人们也不应该失去这种成就。资本主义的另一个成就是,
它会鼓励人们"不去花费一切金钱,也不要吝啬地积累财富,但要
创造性地进行投资,要建立企业。"③

然而,自由主义的致命错误是:它太过份地扩大了对自由
的要求,并且认为,仅仅依赖"需求和供应"的规律就能够确保
经济的健康发展。根据逻辑的法则,这种错误的结果使得人们
会拒绝一切道德规则,也就是说,那些在经济利润以上的、更
高级的理想对于经济来说都是一种不必要的干涉。④ 最终,各

---

① 资本主义的经典理论的特征是一个抽象的、技术性的语言,它只论及工作、土地、
资本、需求和供应、购买力、消费和市场。"在这里没有一个独立行动的个人,没有
他的希望和要求。这种匿名的、无情的经济思考在新古典性的经济论中延续。"
(见 Edgar Nawroth, *Wirtschaftliche Sachgesetzlichkeit und Wirtschaftsethik*.
Gespräch katholischer Unternehmer am 7. März 1987, ed. by Bistum Essen,
Dezernat für pastorale Dienste, Essen, 1987, 14 页)。根据这样的说法,经济的目
标就是提高生产率(同前,14 页)。

② 见前引书,J. C. Höffner, *Economic Systems and Economic Ethics*;10 页。

③ 见前引书,M. Novak, *Freedom with Justice*,10 页。

④ "在 Adam Smith 的传统中,市场和伦理被认为是不能兼容的,因为人的自发道德行
为和经济规律有冲突,这样,一位具有道德考虑的企业家就被驱逐于市场之外。"见
Joseph Card. Ratzinger, "On the Dialogue between the Church and the Economy", in
Church and Economy. Common Responsibility for the Future of the World Economy,
ed. by J. Thesing, Mainz, Hase u. Koehler, 1987, 22 页。

国不得不颁布越来越多的保护性法律,才能够控制经济上的无限自由。然而,这些法律来自一些超越经济本身的目标,所以经济就应该接受一些来自更高价值的要求。这些确保社会平安的法律规定归根到底是道德律的表现,至少在很大的程度上是这样的。但是在法律的范围之外,资本主义精神的个人主义和无人情的态度还会统制自由的空间,就是那些没有被法律覆盖的领域。

在资本主义原则的基础上,工作仅仅是一个商品。资本家会根据竞争和利润的考虑去雇佣工人,虽然在现在的国家里也有社会福利法律的限制。但在工作关系和雇用关系中这种无人情的表现将会破坏企业内的忠诚关系,同时会酿成阶级斗争(thwarts ties of loyalty and breeds class struggle instead)。

另外,资本主义导致这样的情况:少数的人(大约是人口的5%)掌握一个社会的大部分财富。而且,财富越多,权力也就越大。这种现象不一定是一个坏现象。权力总是在少数人的手里。但如果这些人在使用权力的时候不考虑到公益的需要,不考虑到道德秩序,如果他们的权力不受诸公平的法律的控制,不受司法机构的监督(比如在法庭里),这种权力就成为一种灾难。① 无论如何,公教的社会教导都要求财富的广泛分配,因此也要求对自由资本主义的限制和控制。

在教会的判断下,自由资本主义并不正当地回应社会的经济需要和社会福利的需要。在谈论社会问题的时候,教会不在自由主义那里寻求智慧,因为自由主义"早已经充分地表现这一点:它无法在社会问题方面提供正当的解决方案"(QA 10)。这

---

① 关于资本主义应该受的限制,请参见 H. Sautter, *Armut und Reichtum auf Weltebene und die Grenzen politischer Lösungsversuche* (Wuppertal: Brockhaus, 1983), 63—73 页。

一句话曾是教宗比约十一世(Pius XI)的判断,但至今仍然是教会的判断(参见 MM 57 下;PP 26;OA 26;35)。若望·保禄二世(John Paul II)曾说,如果颠倒"人格和工作优先于资本"的秩序,那么这样的制度就应该被称为"资本主义的",无论它挂什么牌子,并且应该反对这样的制度(LE 13)。这种判断针对着自由的资本主义,虽然教宗所用的言辞划出一个更广泛的领域,甚至包括"国家的资本主义"(state capitalism)——在下面就要谈论这个问题。

二、马克思主义的社会主义

在 19 世纪,许多工人生活在非常穷困、可怜的条件之下,他们和他们的家庭在工业化的早期阶段中遭受剥削和侮辱。在 19 世纪中叶兴起的社会主义运动就针对劳动人口的痛苦,并且反抗资本主义的制度,因为他们认为,资本主义就是工人穷困的原因。尤其是卡尔·马克思的著作[①]表达这种反抗。马克思曾观察到工厂中的工人的可怜命运,并且想保卫这些工人的利益。后来,他的思想统治着社会主义运动的理论和这个运动的发展。

马克思谴责资本主义,因为它剥夺工人的工资,不给予工人一个正当的报酬。因为工人没有钱,他不得不以低价——好像卖商品一样——将自己的工作卖给资本家。劳动力的买卖就是根据"需求和供应"的规律而进行的,所以资本家都总是会"购买"最廉价的劳动力。其结果是,工人永远要生活在穷困当中。

对于马克思主义的社会主义来说,"对症下药"就是取消私有财产,特别是生产资料的私有制,也包括土地的私有制,贸易设备、

---

① 最有名的是他的《共产党宣言》(1848 年)和《资本论》(1867—1894 年)。

交通和大部分其他的设备的私有制。① 这一切财物和设备都被交给国家,政府管理它们,引导经济;政府是唯一的雇主。经济的中央计划("五年计划")决定方向,决定优先的目标、技术过程和产品的分配。在几个过渡阶段后——其特征是无产阶级的专政——无阶级的、社会主义的社会将会诞生,而一切人将会获得同样的财富。

"阶级斗争"是这种理论的自然后果。资本家的阶级和没有财产的工人阶级就是两个无法合作的阶级。当然,资本家不愿意自动地放弃他们的特权。然而,阶级斗争到最后导致资本家的消灭,而一切财富不可避免地会走向国有化。

马克思的理论的哲学框架是一个无神论的预定论(atheistic determinism)。实际上,一切采取了马克思主义的社会主义的共产主义国家都是无神论的,而共产党人也都是无神论者。无神论是否是社会主义的核心部分呢?学者们在这个问题上意见不一。社会主义确实赋予中央政府很大的权力。为了有效地实现政治和经济上的目标,这种权力不允许任何挑战。因此,共产主义的国家似乎都倾向于一元化。因此,他们在宗教信仰上会提出另一些独立的要求。

在欧洲共产主义国家中,马克思主义的社会主义制度通过前

① 根据马克思的说法,从私有制到共有制的转变是必然的,是命中注定的。在不同的资本家的竞争中,弱肉强食,到最后只有几个最强大的资本家——他们想控制一切,但因为群众很穷就无法推销他们的产品。就在这个时刻,资本主义制度的崩溃——它是不可避免的——会发生。在最终的革命当中,无产阶级的群众将会占领几个资本家的财产,实现共有制并建立一个更公正的制度,使每一个人根据他的需要和能力获得公正的报酬。"根据马克思的分析,那些高度工业化的国家,如英国、美国和德国,首先要辩证地从资本主义制度转入社会主义的制度。但实际上,马克思主义获得政权的国家都是一些农业国家,如俄罗斯、波兰、罗玛尼亚、保加利亚和中国等。另外,马克思主义不是通过辩证的转变,而是通过武器而获得政权。"(见前引书 J. Card. Höffner, *Economic Systems and Economic Ethics*, 34 页。)

苏联总统戈尔巴乔夫(Gorbachev)的"开放"政策后,受到了严重的冲击,甚至是致命的打击。1989 年末,东欧的国家都一个一个地拒绝了共产主义的统治。不过这并不意味着,社会主义的一切形式将会消失。实际上,在东欧这些国家的共产党继续存在,只是他们的党纲经过改革,取消那些太极端的要求和原则。

社会主义的理论——至少是社会主义理论那些比较缓和的形式——继续发挥着相当大的号召力,特别对比较穷困的人,对于那些不发达国家以及对一些知识分子有了吸引力。"那些社会改革者筹划一些理想的经济制度,所以他们通常更喜欢一种中央计划的经济制度。"①毫无疑问,社会主义对于被剥削的工人阶级的关怀以及对于社会正义的向往就是一个美好的理想,而在一些慷慨的灵魂中会引起共鸣。与此相反,资本主义诸原则看来是自私的和个人主义的原则。关心弱小者和穷困者——这就是社会主义的贡献,而任何一个公正的经济制度不可缺少这些关心和关怀。另外,如果一个中央计划指导经济发展,人们希望自己的行动将会是更一致的、合一的,发展的方向比较明确和坚定,因为共同的目标也比较清楚。

然而在另一方面,"社会主义的制度是相当合一的、稳固的,但在社会和经济上的效率反而不高,这一点令人感到奇异。无论是世界上什么地区,都是资本主义制度中的工人和雇员过得比社会主义中的工人和雇员好,不仅仅在经济上,而在突破社会界线方面,在参与决定和经济决策方面(self-and co-determination),在个人和社会上的自由方面。"②当社会主义的理论说完了,当他们实践了这些理论后,其具体的结果是:一切权力集中在一个万能的国家政府的手里,而广大的群众不能享受许多基本的权利,比如私人

---

① 见前引书 J. Card. Höffner, *Economic Systems and Economic Ethics*, 35 页。

② 见 Wilhelm F. Kasch, "Gibt es eine christliche Option fuer ein Wirtschaftssystem?", in *Kann der Christ Marxist Sein? Muss er Kapitalist sein?*, ed. by A. F. Utz (Bonn: Scientia Humana Institut, 1982), 86 页。

财产或其他的基本权利。① 另外，马克思主义的社会主义在欧洲的实践中很明显倾向于强制性的结构（The affinity to structural coercionin marxist socialism is unmistakable）。

内在于马克思主义的社会主义有一个最显著的特征："在很大的程度上拒绝'首创精神和进取心'（initiative）②，并以完全服从上面命令的精神——如果需要的话还强迫人们服从——取而代之。从这一点来看，说社会主义的经济是'命令性的经济或强迫性的经济'也是对的，正如学术界通常用的'中央计划的经济'一词一样。"③17—18 世纪专制主义的制度是一个由国家控制的并窒息的经济，而资本主义的伟大成就正是克服和突破这种控制，拥护自由以建立创造性的企业，但在某些社会主义那里，这种成就再次被放弃。人们为此所付出的代价也很高：工人的被动性，工人对工作缺少兴趣，资源的浪费，机器和设备被忽略，创造性和创新精神很少，经济计划经常导致物品的缺乏或过多的生产，总得来说，整个经济发展相当慢和笨重。④

人们曾说过，"人性太坏了，因此不能实现社会主义（man is just too bad for socialism）"⑤社会主义的前提是一个个关怀他人的、性格无私的、拥有团结精神的人。然而，在实际上，人们都受了罪恶的创伤（people are wounded by sin），他们都首先寻求自己的利益和好处，而资本主义的出发点恰恰是这种自私的心。如果进

---

① 作者的观点陈旧。中国有特色的社会主义建设使广大群众享有基本的权利。——译者注

② 来自拉丁语的 initiative（原义：走进去，往前走，开始）很难译成汉语。比较好的翻译是："开始"、"主动开始"、"能动性"、"首创精神"、"主动性"、"进取心"等。——译者注

③ 见前引书 O. von Nell-Breuning，170 页。

④ 甚至在那些实现私有制的国家中，非私人的公共企业通常也会比较浪费资源。

⑤ 见 W. Lachmann, *Leben wir auf Kosten der Dritten Welt*？（Wuppertal：R. Brockhaus，1986），102 页。

一步研究,我们会发现,问题不仅仅是人性的败坏。在社会主义制度中,上面的人想出经济计划并要求一切人接受它,这样他们忽略"辅助性原则"(principle of subsidiarity)①,而因此不可能很准确地回应一切人和需要,无论这是个人的或社会的需要。因此,公民在这些中央计划中不太能够认知自己的利益,也无法意识到别人的利益。结果,公民们不愿意和这些计划合作,或者说他们在合作方面行动迟缓。

社会主义的另一个非常明显的特征是:在取消了私人财产后,将一切财富交给国家政府管理后,似乎一切权力集中在国家政府的手里,而这就隐含着一个问题:公民们的权利如何避免受到损害。国家是主要的,甚至是唯一的雇主,它可以开除或惩罚任何一个提出抗议或不受欢迎的人。社会主义的目的是"结束对工人的剥削",这是社会主义最重要的理想之一,但恰恰这个原则从一开始就极容易被扭曲。若望·保禄二世曾担忧,"广大的工人群众将放弃那些以工人名义说话却使工人的权利被侵犯的意识形态"。(CA 23)

同样,财富的平衡分配是难以实现的。统治阶级的精英分子享受许多特权,而这个现象破坏社会上的平等。另外,为了确保工作效率高,需要很多奖励和激励,而这些也妨碍财富的公平分配。社会主义的国家经常说,虽然它们的生活水平不太高,但至少没有太贫穷的人在它们的境内,每一个人都有基本生活的保障。也许这一点在某种程度上也是对的。

另外,阶级斗争的理论也不符合事实。在这种分析中,阶级斗争是不可避免的,并且是一个创造性的斗争。在这个基础上,人们很轻易地视暴力为一种必然的手段,而为了达到一个更美好的、更

---

① "辅助性原则"的内容是:"让比较小的单位自由地完成它自己能够作到的事。给予比较小的单位尽可能大的自由。"——译者注

正义的世界，人们必须采取暴力的方法。其前提是：一切拥有资本的人都是不公正的和邪恶的，而一切工人都是正义的和善良的。但是真实的情况很明显是这样的：在资本家当中不仅有坏人，也有好人，而在工人阶层中不仅有好人，也有坏人。阶级斗争的严重错误在于这一点：私有财产以及资本家被认为代表人类的一切邪恶，而其相反——这种"相反的东西"并没有获得良好的定义——被认为代表人类的一切美善。因此，充满暴力的阶级斗争不会造成正义，只能造成更多不义；它并不是创造性的，而是破坏性的；它不会"立"，只能"破"(it does not build up but tears down)。

最终，无论是资本主义或社会主义，两者都寻求物质上的财富和舒适的生活。两者的观点都是物质主义的(唯物主义的)。两个都属于某种程度上的功利主义，虽然资本主义的功利主义比较受个人主义的影响，而社会主义的功利主义更多受国家政府和组织的指导。不过，任何形式的功利主义都不能回应人生的真正意义(参见 CA 24)。两种形式都不能符合人类真正伦理道德的标准(neither is able to meet the standards of true morality)。教会的文献和通谕曾提出不同的理由来讨论马克思主义和社会主义(参见 OA 112，MM 34，OA，26，RN 7，CA 24 等)。

三、社会市场经济

一个社会市场经济能够结合自由市场的创造力和社会福利立法的保护(combines the forces of a free market with the protective controls by social legislation)。它的两个基石是自由市场以及国家的监督，但不愿意让任何一方占主导地位。它既不单独依赖于个人，又不单独依赖于国家，但使两方为更大的目标服务，就是人、社会和万民的大家庭的福利，这就是上面所叙述的社会经济的纯正目标。这种社会市场经济的观念首次出现于战后的德国①,但它成了第一世界许多国家的经济制度的特征。北美诸作者所用的术语是"民主的资本主义"（democratic capitalism）②,而这基本上指同样的东西,但无论是在术语或在实际上都更强调经济中的资本主义因素。

在一个市场经济的制度中,商业和工业独立地计划它们的经济蓝图。房地产、住宅和生产工具都属于私人所有,而这些人能够自由地处置它。每一个人都允许进行贸易或建立一个新的公司。个人自由和个人的创造力的活动范围相当广大。自由的竞争决定需求和供给。人们承认资本主义的基本原则,就是说企业自由、竞争自由和贸易自由在经济中都起积极的作用。在一般的条件下,市场中的竞争能够激发经济的进步并且能够保护客户不受过高价格或剥削的困扰。那些彼此竞争的人没有那么多机会像垄断商人那样"以过高的价格推销他们的产品。在竞争的情况中,如果一些人敢要求太高的价格,那么人们就都去找那些价格低的商店。换言之,商人不能任意规定他们的价格。"③

人们曾提出这样的问题:社会市场经济制度归根到底也不过只是一种改良的和被驯服的资本主义的形式,正如"民主的资本主义"一词所暗示那样。然而,社会市场经济和完全自由的资本主义（lassez-faire capitalism,亦译"放任自由主义的资本主义"）之间存在着一个很基本的差别:金钱和财富都必须为一些更高级的、超过

---

① 这个概念是 Müller-Armack 所创造的;他曾是西德社会市场经济（social market economy）的创造者之一。这种经济制度的成就可以归功于五点:（1）通过法律确保公平的竞争;（2）不要集中权力,而要分配权力;（3）不要阶级斗争,而要社会阶层之间的合作（social partnership）;（4）在团结中生活的社会需要"辅助性原则"作为提供秩序的原则,这样就有了自由和正义;（5）通过让工人和雇员分享权力而确保财富的广泛分配。

② 参见 M. Novak, *The Spirit of Democratic Capitalism*（New York：Simon & Schuster, 1982 年）。

③ 见前引书 J. Card. Höffner, *Economic Systems and Economic Ethics*, 8 页等。

纯粹的利润的目标而服务；这些更高的目标是所有人的全面性福利（包括物质、文化、政治和宗教的利益）以及——至少在宗教的，特别是在基督宗教的环境中——上主的更大光荣以及他创造计划的发挥。从这个角度来看，高收入和财富的积累也是可以接受的，只要它们服务于更大的目标（even high income and capital accumulation are not objectionable，as long as they are placed at the service of these goals）。"因此，如果一些财产带来很高的利润，但这些财富又被投资，这些高的利润也可以视为正当的。"①最终，财富的积累的正当性来自人们为财富所指定的种种目标（Capital accumulation ultimately receives its justification from the ends in whose service it is placed）。

　　从更高级的目标的角度来看，社会市场经济制度——和自由主义的资本主义不同——不支持一种完全的竞争自由和企业自由。政府规定的法律应该排除那些不公平的竞争。法律必须规定一些公平游戏的原则，如果没有这些原则就不会有公平的操作，因为仅仅依靠需求和供应的规律并不能确保一个正义的经济制度。各种工会组织和雇主组织（企业协会）必须独立地谈论工资和工作条件，而社会福利的立法制度必须确保一些最低限的工资和最低限的工作条件（minimum standards must be guaranteed by social legislation）。必须避免的情况是：市场被垄断、部分垄断现象、寡头垄断现象、企业合伙造成的垄断等。如果某些垄断是不能避免的，就应该受公共的监督。另外，市场只能提供所需要的物品和服务的一部分。共同体（社会、政府）必须在许多别的需要方面予以协助，比如在"残疾人的需要、无法参与生产过程的人、环境保护问题方面，而在帮助发展中国家方面也予以协助，因为这也符合世界

---

① 　见前引书，O. von Nell-Breuning，211 页。原文："Thus the utilization for investment can justify the pay even of very high proceeds from property."

的公益。"①在这个制度中,"社会的(social,社会福利的)"②这个形容词不仅仅是一个装饰品,还要表达这个经济制度的基本因素以及核心任务。

马克思主义的社会主义所关注的问题——关心弱小的,比如失业的人、必须单身照顾孩子的人、因残疾而无法工作的人、老人、患病的人——社会市场经济也强调这些需要,同样想为所有人确保适当的生活条件。但是,社会主义倾向于中央集中管理,而社会市场经济则要求权力的分配(decentralization),因此在照顾弱小者方面也要注重"中介的社会组织"(mediating social agencies),如各种社会团体、协会、慈善机构、社团的协会以及其他的自愿的组织。

另外,在社会市场经济中,经济的工作与政治制度还保持一定的距离,也就是说,经济的计划不是国家政府的事,至少不是政府的首要任务。经济的计划和管理首先属于私人企业家的权利范围,而政府的干预只是一种次要的、辅助性的措施;政府的干预仅仅要避免一些严重的扭曲或经济中的不正义,这样确保经济诸基本目标的实现。

与一种中央计划的、官僚制度的经济制度来比较,社会市场经济制度有几个优点:它能够提供自由的空间,使所有人都有能力参与经济的过程。广大群众也能够在消费、储蓄、财富的形成、自由选择职业、自由选择工作地点等方面获得利益。这个制度在利用生产资料方面呈现出更高的效率,能够更快地适应社会的变迁,具有更

---

① 参见 L. Roos ed., *Church and Economy in Dialogue. A Symposium in Rome. Ordo Socialis No. 2*, with contributions by Agostino Card. Casaroli, Joseph Card. Höffner, Joseph Card. Ratzinger, Pope John Paul Ⅱ (Köln, 1990),15 页。

② 英语的 social("属社会的"、"关怀社会问题的"、"帮助社会上的弱小者")很难译成汉语;在这里的语境中指"关注社会福利的"或"注重社会正义的",如"social market economy"和"social legislation",这些术语应该翻译为"注意社会正义的市场经济"和"注重社会问题的立法制度",不应该译为"社会市场经济"或"社会法律"。——译者注

大的创新能力。基本上,市场经济能够更好地解决问题。它能够相当容易地保持和强化中型的经济单位,而这些中型的单位的生产率很高,并且容易管理。市场经济的核心是一个强大的中产阶级。这个中产的阶层确保竞争的动力,它就是经济力量的基础。社会市场经济以及中产阶级的企业是同一件事的两面,它们是不可分离的。

根据以上的解释,可以指出这一点:社会市场经济制度在很大的程度上符合公教的社会教导。"公教社会教导的代表者认为,市场经济基本上是正当的经济制度。"①社会市场经济制度比别的经济制度都更符合公教的社会教导。

那些发展中国家曾多次表示,他们认为社会市场经济在国际的层面上不令人感到满意。然而,在这个制度中,两方面的人都会有利和弊。发达的国家也会因国际的自由市场经济感到害怕,因为那些工资低的国家能够在他们那里推销比较便宜的产品。因此,双方都需要作一些调整,但国际经济的问题只能通过市场经济解决,而不是通过一个中央计划制度解决,虽然也需要一些共同的规则。

四、民主的社会主义

民主的社会主义也类似于社会市场经济制度,但它比较接近马克思主义的思想。民主的社会主义支持市场自由和财产的私有制。但在马克思主义的影响下,它更多地肯定国家政府的干预,并

---

① 见前引书,J. Card. Höffner, *Economic Systems and Economic Ethics*,24 页。教宗 John Paul Ⅱ(见 CA 42)也曾支持"市场经济"。Theodor Herr 曾列出社会市场经济和公教社会教导之间的共同点:两方都保卫个人的自由并想提供尽可能多的独立性、责任感和经济中的创造力(a maximum of self-determination, responsibility and creativity in the economic process)。双方都认为,在经济中的高效率和竞争基本上是积极的因素。双方都支持一种有助于财产和私立企业的政策。双方都肯定辅助性原则或类似的规律,都注重公益和社会上的责任感。见 *Katholische Sozi-allehre. Eine Einführung.* Paderborn:Bonifatius,1987 年,140—142 页。

在经济的事务上赋予国家最终的权力。与此相应地,民主的社会主义在一些国家中也支持重要的工业领域,如矿业、公共设备等的国有化。它的目标是人们收入的平面化,因此要求高收入的人缴纳累进性收入税和资产税(progressive income and property taxes),也要求社会福利费,但在另一方面给予补助和社会上的协助。这样的政策当然会减少财富积累的可能性,但不幸的是,它同时也减少了对格外的经济努力的刺激和动机。那些很能干的企业家们没有太多的机会去发挥他们的才能。民主的社会主义也经常在宗教方面采取一种严肃的态度,但在文化、道德和教育方面表示一种比较自由的态度(displays a liberal mentality in matters of culture)。

作为一种经济的理论,社会主义在"第一世界"中基本上受到反驳和排斥,但对那些第三世界的国家仍然具有吸引力(而对于第二世界中的国家来说,社会主义现在成了一个新的选择可能性。)大家都知道坦桑尼亚(Tanzania)曾想实现一种阿斐利加[1]形式的社会主义(an African model of socialism)。虽然许多国家给予协助——瑞典(Sweden)在这方面的贡献特别大——这个尝试还是失败了。其中的原因主要是"农民们一方面很愿意接受政府给予的社会福利(如学校、卫生设备、提供饮水等等),但他们并没有按照政府的要求提高生产量。"[2]但在另一方面,像韩国、新加坡之类的地区都主动地选择了一种市场经济制度,而它们达成了一种相当高的生活水平和经济发展。

社会主义对经济的看法对于解放神学(liberation theology)[3]

---

① 本书根据《不列颠百科全书》汉语版(第一卷)以"阿斐利加"而非"非洲"来翻译"Africa"一词。——译者注

② 见前引书,H. Sautter,38 页。

③ Liberation theology("解放神学")指梵蒂冈第二次大公会议(1963—63 年)后在拉丁美洲产生的新型神学;解放神学鼓励基督徒们积极参与世界的改造,面对社会上的问题,与救主基督一起将世界由罪恶中解救出来。——译者注

也有相当大的吸引力。解放神学有时候比较多靠近马克思主义的社会主义,运用马克思的分析并主张阶级斗争,但有时候更靠近民主的社会主义。① 他们的出发点始终都是那些发展中国家的贫富不均现象以及广大群众的贫穷。为了改进这个情况,他们要求现有的财富的更好分配。然而"我们不能仅仅通过重新分配来对付这些国家里的可怕贫穷,其效果不大……他们太快寄望于分配措施,但不注意到如何增加生产量,如何提高生产率的问题。"② 只有一种鼓励建立企业的经济政策能够改进穷人的命运,但一种在中央政府的办公室里计划的经济不可能鼓励这种创造力。"无论有一个多么聪明的专家小组——这些专家们根本不可能替几百万或几千万个公民作经济方面的决定……最重要的钥匙就是解放人们的创造力(unleashing the creative energies of the people),这样做不仅仅是为了提升每一个人的尊严,但同时也是经济进步的钥匙。"③

经济创造力的前提有很多,其中包括教育(工人诸阶级[the working-classes]的能力就取决于教育水平),工作精神和创业精神,资金的积累(如果人们不懂储存金钱,资金的积累也是不可能的)。④

---

① 见 Clodovis Boff 的观点;他曾说,解放神学家们或多或少从一个新的社会秩序的角度来看社会主义,见"The Social Teaching of the Church and the Theology of Liberation: Opposing Social Practices?" in: *Concilium* 150,10/1981,19 页。

② 见 A. Rauscher, *Private Property. Its Importance for Personal Freedom and Social Order.* Ordo Socialis, No. 3 (Koeln, German original 1982),26 页。

③ 见前引书,M. Novak, *Freedom with Justice*,182 页。值得注意的是,瑞典虽然被认为是民主社会主义的模范国家——它避免资本主义和共产主义的极端——但在瑞典"属于政府办的企业仅仅是 7%,这在西欧来看很低,也是撒切尔(Thatcher)夫人治下的英国的一半。"见 *Newsweek*, March 5, 1990, 9 页。

④ "从早期的资本主义到现在的经济发展史很明显地表现出这一点:各国的经济发展取决于三个因素:工人诸阶级的能力(qualification of the working-classes),建立企业的精神(spirit of enterprise),以及资金的形成(the formation of capital)",见 Messner, *Das Unternehmerbild in der katholischen Soziallehre*, ed. by Bund Katholischer Unternehmer. Beiträge zur Gesellschaftspolitik, Vol. 3. Köln, 1968,15 页。

人们也不应该忽略另一点，即：欧洲各国也曾需要几十年的时间去克服广大群众的贫穷并为一切人获得令人满足的经济条件。如果仅仅提出一些乌托邦式的理想，许诺马上会有繁荣富强的经济，然后用这些理想作为一种政治纲令，那种作法对于穷人一点好处都没有。[①] 人们必须要有"走小步骤"的勇气（The courage to take small steps is needed）。

为了在资本主义和马克思主义中间找出一条中路，一些人曾走入了另一个死胡同，就是将很弱的经济刺激与社会主义结合起来[②]。其结果是一些折中的答案，到最后，这些答案都是不伦不类的，不受欢迎的。[③] 经济上的刺激必须是坚定的、强烈的，但也必须处于正当的位置（Economic incentives must be resolute, although at the same time placed correctly）。另外，小型、中型企业和工业的发展应该获得优先的关注。

[①] 正如在别的地方一样，在南美各国中的经济发展需要一些根本的改变，而"这包括很多东西：人们的思想态度的变化；人们对个人工作和对集体工作的态度的改变；政治领导者和公务员的态度的改变；地方性的、地区性的和全国性的领导结构的改变；财产的条件的改变；外贸的组织；雇主的教育和态度；军事政治的改变。"如果仅仅在一部分进行改革，也许还会引起相反的效果。"如果一切其他的条件仍然是一样的，而人们进行生产工具的国有化，其结果也许是更大的腐败和浪费；这样仅仅会加剧贫富不均的现象，而生活用品的供应的情况也许还会恶化。"见 Sauter 前引书，54 页。

[②] 所谓"economic incentives"指"对于经济活动的鼓励"，也就是"发财的可能性"或"报酬"。——译者注

[③] Denis Goulet 曾认为，南美的基督教民主党人士都走入了这个折中主义的陷阱。他特别针对智利的 Frei（1964—1970 年）和 Venezuela 的 Rafael Caldera（1969—1974 年）及 Herrera Campins（1979 年后）所执行的政策进行了观察。这些观察很值得考虑，见"Economic Systems, Middle Way Theories, and Third World Realities", in *Readings in Moral Theology*, No. 5: *Official Catholic Social Teaching*, ed. by C. E. Curran and R. A. McCormick. New York: Paulist Press, 1986, 347—9 页。

第三章　市场经济要为人的需要而服务

一、市场和竞争的调整作用

在经济过程中交换物品,这就是所谓的"市场"。市场是一个非常重要的工具,因为通过它,经济会走向公益的需要。"在'需求'的形式中,市场将消费者的定单带向生产者,而市场也告诉生产者,他能够以经济的价格推销哪些产品……市场推动经济社会中的一切力量,这样为人们各种物质和文化需要提供更广泛并更美好的服务。"①如果价格是一样的,那些比较好的产品在市场上会占优势,因为最多的客户会购买这些产品;如果质量是一样的,那些比较便宜的物品在市场上会占优势,因为它们的销路最好。各种各样的公司都会很准确地回应顾客们的众多需要和要求,虽然这些要求不断有变化。另外,自由市场和自由企业"也确保资金和原料不被浪费,因为国际上的竞争都不断强迫企业家们降低成

---

① 见前引书,J. Messner,*Social Ethics*,755 页。

本,这样也能够经济地利用资金和原料。"①

购买者这种选择的过程很自然地导致生产者和推销者之间的竞争。在一般的条件下(如果不受什么干预的扭曲),对购买者来说,竞争能够保证最好的产品,同时确保最低的价格;对生产者来说,只有那些能够廉价地提供最好的质量的人可以生存。这就是竞争在社会经济中的秩序化作用(the ordering function of competition in the social economy)。

然而,竞争本身还需要一种调整性的规则,这样才能够使它为公益服务。"古典的经济学家们就是因为完全误解了人性,所以他们才会说,毫无羁绊的、自私的竞争会导致社会的和谐……但社会上很大一部分的人都会有损人利己的倾向:为了确保自己的利益,他们会损害别人。在一种完全自由的、没有规则的制度中,结果必定是不公平的、破坏性的竞争,要付出的代价确实太大。"②

因此,竞争需要一种秩序(通常是法律规定的秩序),才能够符合经济的社会目标。由于经济上的自由主义没有注意到这一点,所以它导致了垄断的资本主义,而这种垄断就是自由竞争的结束。自由主义的资本主义和社会市场经济的基本差异就是这一点:社会市场经济会通过法律控制竞争。在今天的社会中,一切国家都认为,法律应该为竞争提供一种秩序。为了确保公益,法律必须保证这一点:"一个人如果有能力以更便宜或质量更佳的产品满足需

---

① 见前引书,Th. Herr,146 页;亦见《百年》(Centesimus Annus)通谕,它认为,自由市场是"利用资源和回应各个需要的最有效工具"(见 CA 34),虽然也提醒说,存在着许多市场无法满足的需要,而这些需要应该获得另一方面的照顾。

② 见前引书,Messner, *Social Ethics*,888 页。教会曾多次批评过那种没有羁绊的竞争的害处。"权力的集中就是现代经济制度的特征,它是无限度的自由竞争的结果,只让那些比较强的人生存,也就是说,经常是那些不顾一切地奋斗的人和那些最少聆听良心的人。"(QA 107)。"如果仅仅依赖个人的进取心和竞争的自由操作,始终不能确保一个成功的发展。人们必须避免一个危险,就是更进一步增加富人的财富和强者的统治,但延续穷人的困境和受压迫者的奴役"(PP 33)。

求,就不可以以任何形式阻碍他加入竞争:许多人想减少竞争并采取一些垄断性的方法,但每一个人的企业自由必须受到保护,因为这个人想提供更好的服务,而这就对公益有好处。"①虽然如此,单单依靠国家政府的法律也不能获得公平竞争的条件,除非职业组织自己也和国家合作并时时遵守这些法律和规定。

另外,自由竞争也不能正当地重视人情问题和生产在生态及环境污染上的代价(is not in a position to heed the human factor and ecological cost of production)。自由竞争不能确保公平的工资,如果劳力的供应超过对劳力的需求——这一情况经常会出现。

工会(labour unions)的角色在规定公平工资以及确保好的工作条件方面起着很关键的作用。实际上,工会提高了劳动力的地位,使它与资金有同样强的影响,所以它们为劳动者确保了一个平等的商榷地位,使公平的劳动市场成为可能的(that equitable bargaining power which is the presupposition of a fair functioning of the labour market)。因此,工会必须成为社会市场经济的重要部分。

自由竞争也不能正当地面对生产的另一些代价,就是环境上和人体健康方面的代价。工业的排泄物、农业中的化学用品(包括化肥和农药)以及整个汽车交通都属于这方面的问题。人们一年比一年更清楚地意识到这些问题的重要性。这些因素也被称为"生产的隐藏性成本"(the hidden costs of production),而只有一种注意到社会问题和环保问题的立法制度(social and ecological legislation)能够克服这些难题。应该注意的是一点:在面对这些

---

① 见前引书,J. Messner, *Social Ethics*,891 页。"对于竞争的规律化的第一个目标就是建立和保持公平的竞争条件。这种公平状态的主要对手是一些大的企业组织——它们依靠大量资金来排除一些比较弱小的竞争者,因为他们能够降低价格,这样造成一种垄断情况或寡头垄断情况,所以他们能够获得更大的利润。"见同上,905 页。

问题的时候,社会主义的诸国目前还远远没有达到自由市场国家的效率。相反,第三世界的社会主义国家更多地忽视和忽略了环保等问题。

　　某些团体经常支持政府对价格结构的干预,这样他们能够使穷人获得基本的食品、衣服等,也能够使穷人有住所,虽然自由市场不会以这样低的价格提供这些。不过,根据人们的长期经验,农民和其他的生产者不愿意以太低价格在市场推销自己的产品。如果价格太低,这些生产者仅仅会为他们自己的生存而工作,不再考虑到市场的需要。"无论谁使物价稳定,无论谁通过补贴确保工作机会,为发展中国家许诺更高的价格,提高工资,正式降低利润率等等,他就站在道德理想一边。要求国家政府对经济进行干预的那些人恰恰是伦理学家们。"[1]然而,经济学家们都警告我们说,对于以最经济的方式利用稀缺资源的任何干预都会有负面影响。这样干预的结果可能是市场上某些物品会缺乏;如果为某些产品提供补贴,其结果是一种没有用的"过剩",也就是说公有的资源(社会的资源)被浪费——这些浪费也同样违背道德律。不过,这一点并不排除另一个可能性:在某些情况下,国家政府为了穷人而降低价格也会是一种——至少是暂时性的——帮助和解决方案。

　　自私自利的原则(the principle of self-interest)在市场经济和在竞争中起重要的作用;我们必须承认,这个原则不是一个很崇高的原则(is not the loftiest one)。然而,它也有一种陶冶人格的因素。"它暗示人们每天作一些自我奉献的行动。这个原则本身不足以使一个人成为很有德行的,但它训练许多公民们遵守一些习惯,就是规律性、克己、节制、远见、自我控制(regularity, temperance, moderation, foresight, self-command)"并鼓励人们使用和

---

① 见前引书,W. Lachmann, *Leben wir auf Kosten der Dritten Welt?* 40 页。

发挥自己的能力。虽然一些道德主义者"判断说,这个原则是不完善的,但我们仍然必须采纳它,因为它是必须的。"①

二、企业家是公共利益的仆人

公教的社会教导相当晚才注意到企业家的角色。② 公教所谈论的企业家一般来说都指雇主。数以万计的人在这些雇主所有的大大小小的企业工作。在一代一代的工业革命所带来的那些危机中(in the crises of the industrial revolutions),一般人都认为,雇主要为社会问题负责,所以也谴责雇主。不过这种负面的观点不能正视企业家对经济进步的贡献(这个贡献是不可代替的),也无法正视企业家的辛苦工作。任何一个发展中的社会,其社会问题都是由好几个因素造成的,而某一些(不是全部的)企业家的自私和不顾及别人的态度只是其中一个因素。

教宗若望·保禄二世(John Paul II)曾指出,"现代社会所享受的财富,如果没有企业家的动力,是不可想象的。企业家的作用在于组织人力劳动和生产工具,这样能够提供一些物品和服务,而社会的繁荣及进步都需要这些物品和服务。"③基督宗教的社会思想不仅仅要鼓励政治性的活动,也要鼓励"经济性的活动:储存、创造性的投资、发明和创办企业。因为这一切也都是创造性的行动

---

① 见 Alexis de Tocqueville, *Democracy in America*, Vol. 2 (New York: Vintage Books, 1945 年),131 页。

② 教会的教导确实包括对企业家的尊敬,虽然有时候没有明显表达这一点。保禄六世(Paul VI)教宗曾在 1964 年 6 月 8 日特别针对基督徒企业表达了对于他们服务的尊重(见 AAS 56, 1964, 574—9 页)。但是,甚至经济学家自己也比较晚才发现了企业家的重要性,也就是熊彼特(J. A. Schumpeter)于 1912 年发行的书《经济发展论》(*Theorie der wirtschaftlichen Entwicklung*)才算"发现了"企业家。

③ 见 Address to Business Men and Economic Managers,发表于 1983 年 5 月 22 日 (*L'Osservatore Romano*, May 23/4, 1983,6 页,英语版,1983 年 6 月 20 日,1 页)。

(acts of creation)，而且对公益是有好处的。"①创立企业的自由、商业和金融自由应该受到保护，但是这个自由必须为公益服务，所以也必须确保这种自由的责任性，而法律必须阻碍人们滥用经济上的自由。

企业家的任务是找到一些市场，发展这些市场并为其提供商品和服务。企业家必须提供社会所需要的物品和服务。这确实是一种很重要的社会作用和责任。因为这些物品和服务是各式各样的，所以应该有尽可能多的个人企业（a maximum of private enterprise is desirable）。"有越多的计划者参与经济的过程，经济的效率就越高……比如，在一个四千万人口的社会中如果有两百万个大、中和小型企业（包括农业、工业、商业的领域）——它们都在竞争的压力下想回应各种需要——那么就会有更高的经济效率，也更容易确保生活水平的上升；但如果在同样的社会中只有 20 个或 200 个官员掌握着一种经济计划的垄断权，就不会有那么高的效率——而在社会主义的计划经济中就是这样的情况。"②

如果想有尽可能多的个人企业，就应该重视中小企业。如果这些中小企业的效率超过大型企业的效率，人们就应该更重视中小企业。这个作法很符合"辅助性原则"（the principle of subsidiarity）。另外，这样也能够广泛地分配和促进经济实力，能够预防经济实力集中在几个寡头的手里或集中在政府的手里——权力的集中现象在社会和政治上都是很危险的。而且，在中小企业的工

---

① 见前引书 M. Novak, *Freedom with Justice*，53 页。很遗憾的现象是，在某些圈子里，"经济活动诸美德不受提倡，反被蔑视。"知识分子和政治活动家经常会瞧不起所谓的"中产阶级"和"店主"。他们多次称他们为"寄生虫"或"走狗"，只认为他们应该纳税而已。然而，公教的社会教导也需要唱这个老调子吗？（见同上，181 页，217 页）。

② 见前引书，J. Messner, *Social Ethics*，768 页。

人更满足于自己的工作,而工作岗位的保障比较多,因为那些中产阶级的企业也倾向于在困难的时期保留工人的工作岗位。"那种有利润的财富——如果其业主也参与工作——就是一个健全的社会秩序最安全的基础(Property which yields profit in conjunction with the work of the owner is the surest guarantee of a sound social order)。"①

为满足不断变动的社会需要和需求以及竞争的挑战要求,企业家不断调整并保持灵活性。一个完美的企业家同时是一个组织者、发明家、发现者和征服者。他的动机——除了挣钱以外——应该是推动创造性的发展,应该有风险精神,获得社会名誉的渴望,以及——对许多企业者来说确实是这样——愿意为社会服务。②

当然,企业家也必须考虑到自己的利润,但这个利润又要帮助他实现另一些目标。一个没有利润的企业不可能在市场经济中生存。无论是对企业主或对雇员来说,这都是一件不幸的事,因为雇员将会失去自己的工作。因此,有所利润成了"社会伦理的任务,因为那些没有利润的企业只能成为经济的负担,它们引起失业率的上升。"③很多人对于"利润"两个字有了一种意识形态的成见,从卡尔·马克思的时代开始,"利润"在很多人那里会引起反感,但

---

① 见前引书,J. Messner, Social Ethics,932 页。"如果没有广泛基础的企业阶级,民主的成就都处于很危险和容易消失的状态中……西欧和澳大利亚、加拿大、以色列、美国、日本等民主国家都依赖于一个广大的中产阶级,它们的商业生活在社会上具有广大的基础。"见前引书,M. Novak, Freedom with Justice,180 页。

② 企业家的社会背景都很不一样。他们大多不是来自一些商人家庭,虽然很多人会想,企业家就应该来自企业家的家庭。企业家来自各种各样的阶级:工人、贵族、自由职业、农民、地主、工匠、公务员等。(参见 W. Weber, Der Unternehmer. Eine umstrittene Sozialgestalt zwischen Ideologie und Wirklichkeit. Koeln: Hanstein, 1973, 42 页)。"令人感到惊奇的是,如果一个人想成为一个地位很高的经济领导者,财富只是一个不太重要的前提"(同上,45 页)。

③ 见前引书,J. Messner, Social Ethics,771 页。

这些成见应该让位于一种比较冷静的判断。在经济中利润作为投资,所以它提供许多社会福利,比如新的工作机会、物品、服务、发明和新的财富。"只要你问一个雇员,他要在一个有利润的企业工作,或更想在一个有债务的企业中上班——我们从一开始就明白工人的回答。"① 利润多次被说成是"不光彩的"和"不好的",其中一部分的理由也许是出于对利润在经济中的角色的无知,但另一部分的原因也可能是嫉妒:"嫉妒的因素无疑是很重要的。"② 然而,企业家如果创造了尽可能大的剩余价值(即"利润"),也给予工人们正当的工资,那么他的行动就很可能是负责任的。"如果少数几个人获得了更多的好处,但这样同时也改善了较为穷困者的情况,那就无可厚非(There is no injustice in the greater benefit being earned by a few, provided that the situation of persons not so fortunate is thereby improved)。"③

　　企业家掌握生产资料,而他同样必须为雇员负责;这个雇员就是他的"同工"和协助者(co-workers and helpers)。"企业的主人和企业的经理都无法单独靠自己的能力而创造出资本。他们因许多别人的工作而得利,也因各地方的团体(工人的家属)的支持而获得好处。如果企业家要作一些决定,他也必须考虑到工作和这些团体,必须为他们承担责任(They are accountable to these workers and communities when making decisions)。"④ 各国的法律在今天都会向企业家要求一定程度上的责任,就是对工人的责

---

① 见前引书 W. Weber,80 页。

② 见 P. H. Werhahn, *The Entrepreneur. His Economic Function and Social Responsibility*. Ordo Socialis, No. 4, Trier: Paulinus, 1990, 23 页。

③ J. Rawls, *A Theory of Justice* (Cambridge, Mass.: Belknap Press, 1971), 15 页。利润的合理角色也受教宗若望·保禄二世(John Paul Ⅱ)的承认,只要一个企业同时也尊敬其工人的基本需要并承认自己在社会中的使命;这个使命就是"为整个社会提供服务"(CA 35)。

④ 见前引书,*Economic Justice for All*,113 页。

任。有时候法律的这些规定甚至成为一个太重的负担,所以企业的主人不敢雇用新的工人,不敢扩大自己的工厂,而这一点对于公益来说也是一种损失。在另一方面,经济生活中也存在着一些不被法律条约覆盖的因素,比如公平、忠信的美德和义务。企业家对于顾客、对提供原料的人、对竞争对手和对自己的雇员的态度应该是公平的和忠诚的。然而,在商业中"诚实"这个领域经常被忽略。"那些支持社会市场经济的人强调良好的道德教育的重要性。没有诚信,自由市场就不可能为公益服务(Without honesty, the free market cannot function for the common good)。"①

"人们应该尽可能使企业成为一种人的团体(a community of persons)"(MM 91)。利润率或节约成本的那些理由,始终不能成为一个借口以忽略真正人性的那些价值——这些价值就是经济的真正目标。归根到底,如果尊敬这些价值,也能够提高利润率。比如,英国的著名厂长欧文(Robert Owen)曾经在 19 世纪上叶说过,根据他的经验,一个经常擦拭干净的机器,工作比较有效也比较可靠,很明显地超过一个肮脏的、混乱的机器。人也是这样,如果良好地对待工人,经常照顾他们,他们的力量和效率也将倍增。企业家们越来越多意识到沟通的需求,彼此关心的重要性和管理人和工人之间的团结的重大影响。

三、消费伦理学

经济伦理的问题也涉及到消费伦理。消费者的种种需求也在很大的程度上决定生产的方向。生活水平越高,人们也越多地面对奢侈品和浪费的诱惑,所以消费伦理显然更为重要。"每一种奢侈的消费,如果在经济上不是合理的,就违背了俭朴的美德,而社

会伦理就要求人们过一个俭朴的生活。"①消费者的种种选择和消费的种种要求的方向和指导原则,应该来自那些生存目标所指示的种种物质任务和文化任务,以及来自公益的需要,不仅仅是一个国家的需要而是整个人类和整个受造界的公共利益的需要。我们上面关于社会经济的真正目标所说的也适用于消费伦理。

在这一方面,家庭的主人扮演着非常重要的角色。一个国家的收入总额一半都会经过家庭主人的手;由此可见,家庭主妇的种种经济选择是多么重要。② 公民们的需求和消费习惯的影响并不亚于生产和投资的影响——两个因素都决定性地影响着社会的经济。

现代福利社会的特点是一种自由消费的态度(a mentality of liberal consumption)。这样,人们更向往那种"获得和拿来",但不再那么容易去"服务和给予贡献"(The attitudes of getting and taking are much enhanced at the expense of a readiness to serve and to contribute)。人们想,国家是一个"提供服务"的单位,它像一个魔术家那样会创造用之不尽的资金,而又不要提高什么税务。各种形式的自私继续会蔓延,但个人的责任感越来越弱。这样,社会中的团结精神和社会的凝聚力都会受到负面的影响。如果仅仅依赖于社会福利的市场经济就不能处理这个缺陷;因此,整个经济制度必须从一个更大的秩序来看,必须从人的高尚使命和更高的目标来观察。

"提高生活水平不是错误的;但如果一种生活方式更强调'拥有',而因此忽略'存在',那就是错误的;这种人只想拥有更多财富,不是为了提高自己的存在意义(not in order to be more),只是为了享受人生,并把享受当作目标本身。因此必须创造另一些生

---

① 见前引书 J. Messner, *Social Ethics*,763 页。
② 同上,764 页。

活方式——在这种生活方式中,对于真理、美、善良以及为了公益和别人的合作能够成为重要的因素——这些因素决定消费者的选择,其储蓄和投资(It is therefore necessary to create life-styles in which the quest for truth, beauty, goodness and communion with others for the sake of common growth are the factors which determine consumer choices, savings and investments.)。"(CA 36)

　　最近,环境污染的危险提醒了越来越多的人,一切参与经济活动的人,包括消费者,都有责任通过负责任的经济行为去保护人们的生活环境。环境污染的具体危险向现代的人们证明消费伦理的重要性,而这些具体的问题比任何抽象的考虑也许有更大的说服力。

第四章　国家的经济角色

从原则来讲,政治和经济之间的关系是这样的:政治的目标是人们在现世的公共利益。经济的目标是为社会提供一切(能够用价格来衡量的)物质上的、文化上的和精神上的价值(material, cultural or spiritual goods calculable at a price),——如上所述,文化和精神上的东西的例子是大众媒介所提供的咨询等。因为政治的目标更广泛,更包罗万象,所以"这就证明政治对于经济具有优先的地位。"①

经济政策的诸问题当然在选举活动中占有主要的地位。政治家们也应该尽力为他们国家的经济需要寻找最佳的答案,并要向投票的群众表达他们的政策,这是一件很正当的事。但是,如果这些政治家纯粹从政治目标(即获得选票的目标)来提出一些不符合经济的政策,就是不负责任的行动。另外,政治家们必须先正当地

---

① 见前引书,O. von Nell-Breuning,181 页。在 Octogesima Adveniens(OA)中,教宗保禄六世(Paul Ⅵ)写到:"每一个人都会感觉到,无论是在国家或国际的领域中,政治权力能够在社会和经济方面作出最后的决定"(46 段)。

认识自己国家的经济情况，才能够提出一些有效的和负责任的经济政策。

我们不得不承认，对政治家们所提出的要求是众多的，而任何一个国家的资源都是很有限的，甚至在很多国家是非常有限的。因此，正确的解决问题的答案多数不是很明显的，而国家难以调和各方面的要求(it is difficult for the state to make ends meet)。为了在这方面获得尽可能大的成就，政府领导者需要有智慧和勇气，也需要有灵感。①

一、注重"辅助性原则"

根据"辅助性原则"可以提出这样的要求：如果个人和比较小的团体能够自己完成某些任务，国家(和政府)不可以"越俎代庖"，必须将这些任务留给他们。只有当这些比较小的团体无法完成某些任务时，国家才可以干预和协助他们。当然，其前提是，国家的协助能够真正回应这些需要，而且能够更有效地解决这些问题。

在经济的领域中，国家政府这种"辅助性"的角色特别重要：尽可能多的个人责任感，尽可能少的国家干预(as much individual responsibility as possible, as much state intervention as necessary)。这就是教宗若望二十三世(John XXIII)的基本原则，因为他曾说："我们必须坚持这个原则：在经济的领域中，国家的行动——无论它是多广或多深——不应该削减个人的自由和个人的进取心(state activity in the economic field, no matter what its breadth or depth may be, ought not to be exercised in such a way as to curtail an individual's freedom of personal initiative)。相反，国家

---

① 见前引书，M. Novak, *Freedom with Justice*，29 页。

的干预应该更尽可能地扩大个人的自由,因为它要有效地保护每一个人的基本权利"(PT 65;参见 MM 55)。

在个别的情况当中,国家政府能够"有一种代替性的作用(a substitute function),如果社会或工业某些部分太软弱,或者这些部分刚刚起步,还不能完成它们的任务,那么,这种补充性的措施由于公益的迫切性也可能是合情合理的,但它们必须是尽可能短暂的,否则就会从商业和社会那里夺取某些原来属于商业和社会的任务。这样就能避免一个不好的现象,即国家干预的扩大化和经济和对公民自由的限制"(CA 48)。

人们首先必须站在个人自由权利一边:人应该能够自由地采取行动,而国家政府的干预应该要证明其正当性与合理性(The presumption stands for a person's right to the free exercise of his activity, while legislative interventions by the state have the burden of proof)。"在原则上,自由的经济不需要为自己的合理性作任何辩护,也就是说,愿意为自己的生活和自我实现而工作的个人和自由组织起来的团体,其自由发展和自由活动不需要替自己进行什么辩护,但从上面来的干预和对自由的限制需要说明自己的合理性。"①

二、创造公正的机构

人们必须注意到个人的道德行为,但单独依赖于德性也不能够为经济生活提供一个有效的秩序。人们首先应该尽力建立一些公正的经济机构(create just economic institutions)。

今天的基督徒们经常谴责一些"有罪的"社会结构("sinful" social structures),但是抽象地宣布一个正义秩序的理想很容易,

① 见前引书 O. von Nell-Breuning,170 页。

在实际社会中建立公平的、正义的机构则不那么简单。创立一些公正的经济结构是一件巨大的任务。无论如何,人们应该尽力而为。人们不能在一个文化的真空中建立什么机构(Institutions cannot be built in a cultural vacuum)。这些机构的正当操作取决于某一个文化和社会中的活生生的伦理感(the *ethos* alive in a culture)。"如果某一个社会的伦理感(ethos)规定,家族关系比法律面前的平等更重要,那么其中建立的机构也必然会受一些缺陷的影响,就是'任人唯亲'(favoritism)和'裙带关系'(nepotism)的缺陷,因为那些人不重视平等的原则,仅仅重视家族关系。"①因此需要另一种伦理感,但这个新的伦理感需要一种教育过程。在具体的情况中,人们只能接近"正义的社会"这种理想,永远不能完全实现它,在人间任何情况都概莫能外。但是,一位政治领导者必须尽可能接近这个理想(to achieve the best possible approximation),这就是他的使命和特殊任务。

国家的权威必须监督和控制个人和小型团体的一些反社会性的倾向(State authority has to check the anti-social tendencies of individuals and intermediate bodies)。如果少数的人掌握大部分的财富,其结果是权力上的严重失衡,而政府就必须反对这样的倾向。反过来,一些适当的机构也必须监督和限制国家政府的权力,否则国家的权威容易变成一种专制、寡头政府或独裁制度。政府的抗衡力量(counter-balance,或译"平衡力量")就是一个强大的、在经济上独立的中产阶级,还有民主的诸机构(democratic institutions)。

维护正义的基本任务之一是确保稳定的货币价格。很高的通货膨胀率是对财富的一种非常不公平的分配,而穷人因此最为受害。因通货膨胀遭受打击最大的都是那些普通的小民或下层人

---

① 见前引书 M. Novak, *Freedom with Justice*, 30 页。

民,因为他们只储存一点钱或依靠一些退休金而生活;这些钱的增长似乎都落后于通货膨胀的速度。当然,通货膨胀也迫使人无法储蓄,因此整个经济受到负面的影响。

在今天——超过任何时候——个人的命运不仅仅取决于个人的能力,也取决于社会和经济条件,而国家政府创造这些条件。如果经济的环境有了变化,许多人也许突然变成穷人,比如在农业或在矿业的领域中。因此一种负责任的经济政策必须同时注意到社会政策和劳动政策、家庭和环保政策以及发展和教育政策。

任何一个社会都不可缺少一些公正的经济机构(just economic institutions)。首先,法律的秩序必须表达经济诸目标所包含的那些价值。这个过程是一个具有动力的过程,正如经济本身也是动态的;这就需要不断地重新调整社会秩序和法律秩序。对于经济来说,"社会始终需要革新"(Societas semper reformanda)这个格言是有效的。除此之外,每一个公民在良心上越接受经济秩序中的道德价值,这些价值的实现也就越有保证(the more the moral values of the economic order are internalized by the conscience of the citizens, the better will their realization be assured)。不幸的是,"人们在实际上的行为就经常违背价值秩序的种种要求。无论是老板或员工,都仅仅考虑到自己的利益。"①在某种程度上,这种自私自利的心理也是自然的、可以理解的。然而,其中也确实存在着另一个危险,就是:自私的心会窒息对于更高的价值的追求。"因此,这一点很重要:种种提高道德的机构和文化机构(moral and cultural institutions)②

---

① 见 A. F. Utz, "Gemeinsames und Verschiedenes in der marxistischen und christlichen Wirtschaftsanalyse", in *Kann der Christ Marxist sein? Muss er Kapitalist sein?*, ed. Utz, Bonn: Scientia Humana Institut, 1982, 53 页。

② 所谓"种种提高道德的机构和文化性机构"在西方社会中指教会团体和诸如学校、民间组织之类的机构。在传统的华夏社会中,佛教是一个影响社会"道德和文化"的组织。——译者注

也应该完成它的种种任务,正如经济机构完成经济的任务!"在这个需要方面,各教会的使命和任务也特别重大。①

三、优先注意到穷人

在一个政府的基本任务中也有这样一个项目:政府应该保证每一个人至少能够享受最低限度的生活条件,就是符合人性尊严的生活条件(minimum conditions of human dignity for all)。满足穷人的需要是一个非常迫切的重大任务。联合国《人权宣言》第25条总结社会共同体在这方面的各种任务:"每一个人有权利获得一定的生活水平,使个人和其家庭健康适宜地生活;这就包括食品、衣服、住宅、医疗卫生、必须的社会性服务,以及在失业、疾病、残废、鳏寡、年迈或其他不利的情况下的社会保障(Everyone has the right to a standard of living adequate for health and well-being for himself and his family, including food, clothing, housing, medical care and necessary social services, and the right to security in the event of unemployment, sickness, disability, widowhood, old age, and other lack of livelihood in circumstances beyond control)。"

如上所述,这并不意味着,国家必须自己提供这一切。人们不加思索地说,如果有一个具体的社会需要,那么政府的任务就是要帮助。不过,"注重社会问题"不等于是"国家干预主义"(Yet, *social* is not *statist*)。Höffner 枢机主教曾不无道理地说过,"今天的倾向令人感到不安,因为这个倾向指向一个无所不在的,无

---

① 见 Werner Lachmann, *Ausweg aus der Krise. Fragen eines Christen an Markt-twirtschaft und Sozialstaat*, Wuppertal: Brockhaus, 1984, 61 页;参见保禄六世 (Paul Ⅵ), *Evangelii Nuntiandi*(1975), no. 36。

事不提供的国家。公教的社会教导提倡个体责任感的强化并拒绝一种'福利化国家主义'（a rejection of welfare-statism），这也是为了人本身的好处。从长期的发展来看，任何一个国家的花费都不可能超过它通过工作所获得的收入。"①核心家庭和整个家族的团体都对自己的成员具有一些任务。另外，那些中介的团体（intermediate bodies），比如慈善机构也必须完成自己的任务。人们应该首先向这些小型的团体发出呼吁，这才符合"辅助性原则"。当然，如果这些小型的团体的能力不足或完全无效，国家政府就应该提供协助（如果条件允许它提供协助）。

人们经常以为，穷人之所以穷困，是因为他们太懒惰，不愿意从事辛苦的工作。美国的主教团曾反驳了这些观点，认为这是偏见。"根据调查研究可以清楚地知道，穷人与其他人一样，对于工作都有强烈的渴望。我们向一切人发出呼吁，不要再通过行为、言辞或态度给穷人打上烙印（stigmatize the poor），或夸大穷人所获得的社会福利——这种夸大只会忽略福利制度中的重大问题。对穷人的这些贬低显示出一种愿意惩罚穷人的态度（a punitive attitude towards the poor）。"②几百万穷人只是因为失业或因为收入太低而成了穷人。

因此，在克服穷困的斗争中，第一个任务"应该是建立和维持一个健康的经济制度，这样为一切能够工作的成年人提供工作机会以及正当的工资。"③另外，整个社会也必须重视和推动穷人的教育。任何从长期的角度想解决穷人问题的努力都"必须认真地注重教育，无论是公共教育或私人教育，无论是学校内或学校以外的。因为许多穷人没有适当的教育机会，所以他们无法逃脱

---

① 见前引书 J. Card. Höffner, *Economic Systems and Economic Ethics*, 33 页。

② 见前引书, *Economic Justice for All*, 193 下。

③ 见同上, 196。参见关于就业问题的部分, 136—169。

穷困。"①我们必须一次又一次地强调,克服穷困的重要手段就是教育。如果人们努力改进教育制度,就等于是为一个社会的未来进行投资(Working to improve education is an investment in the future of any nation)。

四、社会化和土地改革

"社会化"(Socialization)指将某些财产转让给国家(国有化,nationalization)转让给其他的公法机构,特别是一些自治市(社团化,communalization)。如果公益需要这样做,那么社会化的做法就是合情合理的(justified)。不过,在任何社会化的方案中必须明确证明,社会化(国有化)的作法确实对公益有好处,因为社会化本来就会侵犯私有制的领域,侵犯那些被剥夺财产的人的权利。

因此,社会化也不是一切经济难题的万灵药。针对当年的波兰,教宗若望·保禄二世(John Paul II)曾说过:"人们渴望一些改革,但通过先天地消除生产资料的私有制也不能完成这些改革。因为不容忽略的是这一点:仅仅从私人的手里夺取生产资料(或资本)还不足以确保一种令人满意的社会化。生产资料不再是某一个特定的社会团体(就是私人)的财产,而是成为整个社会组织的财产,归属于另一批人的直接管理和控制……这个新的群体也许从劳动者优先的角度(from the point of view of the priority of labour)会很负责任地完成任务,但也许它会为自己要求一种管理方面的垄断和控制生产资料的垄断,甚至会侵犯一些基本的人权"(LE 14)。

根据长期的经验来看,国有企业和国有设备的运作有时候也

---

① 见同上,203。

相当不错,但更多时候不尽如人意,这里面有各种各样的原因,如国有企业的利润通常不如私有企业的利润多。"在工业企业管理方面,谁都作得比国家好(No one manages industrial concerns worse than the state)。"①其中的主要原因在于:公务员和企业家的作用就是不一样的。另外,在国营企业中缺少那些鼓励创立企业或节约资源的刺激(incentives for economic venture and thrifty use of available means)。如果这些企业属于国家的垄断——经常是这样的——它们就缺少竞争的种种挑战,这样也无法衡量它们的效率,不能形成一种真正经济的价格。②

目前,人们对于国营企业的怀疑越来越大。在一些欧洲国家中,有效地监督国营企业的垄断现象成了很大的问题,所以从1980年代以来,无论是倾向于自由主义或倾向于社会主义的党派,都越来越多地决定要进行国家垄断的私有化或部分的私有化。其中一个重要原因是这些国营企业的经济负担非常严重,已经侵犯了纳税人的利益。另外,各种各样的丑闻也经常动摇着国有企业,引起人们的怀疑和批评。

因此,社会化应该是克服经济困难的最后手段(should be the last resort)。如果另有一些同样有效或更有效的措施,就不应该进行社会化和国有化。比如说,一些地主掌握广大的土地这个问题,更有效的解决方案是一些土地改革措施,而不是土地的集体化。在国有企业的领域中,"辅助性的原则"也是非常重

---

① Otto Bauer(曾任奥地利社会民主党主席)的名言,引自前引书,J. Messner, *Social Ethics*,940 页。

② 关于国营企业在经济上的失败见 Christian Watrin, *"Marktversagen" versus "Staatsversagen". Zur Rolle von Markt und Staat in einer freien Gesellschaft*, ed. by Vorort des Schweizerischen Handels-und Industrievereins, Zurich, 1986, 14—26 页。

要的,也应该被遵守(参见 MM 117)。国家对于生产资料的控制是最不理想的做法(State control of the means of production is least desirable)。

在那些涉及到核能原料的生产企业,国家的控制都是合情合理的。在那些为社会提供基本的服务并且不能委托于私人的企业方面(比如水、电、煤气、电话、公共交通等),社会化(国有化)的作法也不是没有理由的。那些关键的工业领域(如煤矿、钢铁工业等核心的工业领域)也可以进行国有化,如果不能以别的途径确保其安全操作,或个人的资金不足以发展这些企业,以及为了避免一种对全国经济或对环境有害的开采等(比如在矿业会有这样的情况)。最终,在发展中的国家里,如果个人的进取心比较弱,或在分配利润方面需要调整一些巨大的不义现象,经济的重要领域有时候需要进行国有化。不过,在上述的很多情况下,社会化(国有化)应该只是国家的一种辅助性措施,一旦个别的公民有能力去有效地和负责任地管理这些企业,就应该转国有化为私有化。

梅斯那(J. Messner)认为,进行银行的国有化不存在任何适当的理由,这种说法似乎也有道理。"对整个经济来说,贷款的影响非常重要,只有土地比它更重要。谁控制贷款制度,谁就控制经济。如果国家控制贷款制度,整个经济就掌握在国家的手里。当然,一些银行的国有化或中央银行的国有化是另一件事。显而易见,有文化目的的企业必须完全置于国有化的考虑之外,比如印刷机构或出版社。当然,这并不排除如下的可能性:国家经营自己的印刷厂或自己有一家出版社,自己有一家报纸,但其前提是,这些出版社和报纸不要采取不公平的竞争措施。"①对

---

① 见前引书 J. Messner, *Social Ethics*,939 页。

电视台和新闻广播来说也是这样。最后，也没有足够的理由去进行农业土地的社会化。反过来，国家应该分配土地，让尽可能多的家庭通过耕种自己的土地获得经济和社会上的保障，出于各种政治性的、社会性的和经济的考虑，这样的土地分配是国家的关键任务。

所谓"土地改革"的社会运动就是关注农业土地的公平与合理分配。在很多国家中，很少几个地主掌握着大量的土地，而这些地主多数也不想好好地耕种他们的土地，而一代又一代耕种并将自己的劳力投入于土地的佃农们仍然处于一种被奴役的状态中，他们无法建立自己的农场。

梵蒂冈第二届大公会议认为，这是一个严重的社会问题，它迫切地期待人们去解决它。"在很多经济不甚发达的地区，存在着广大的，甚至非常辽阔的土地，但一些人为了利润的缘故不去好好地耕种这些地，甚至根本不开垦它。一方面人们迫切需要粮食的增产，但另一方面大部分的居民要么没有土地，要么只有小块土地。另外，地主雇佣的那些人或他的佃农仅仅获得很低的工资；他们的收入不符合人性的尊严，他们的房子太差，他们又受中介人的剥削……因此必须根据具体情况和条件进行一些改革，如：提高人们的收入，改进工作条件，提高工作岗位的安全保障，并且激发人们自动工作的进取心（an incentive to working on one's own initiative be provided）。实际上，应将耕耘不善的土地分配给那些能使土地结出更多果实的人"（GS 71；参见 PP 24）。

然而，光依赖于土地的重新分配也不能保证土地会结出更多的果实。农民们也必须有能力去独立地管理自己的农场，不应该满足于过时落后的耕耘方式。若望二十三世（John XXIII）曾提到一些国家，"那里的人由于农业生产方式太朴素不能生产足够多的粮食，尽管自然资源相当丰富"（MM 154）。农民们的任务是学习和利用新的生产方式，这样能够提高产量，而政府也应该尽量在这方面协助农民们。①

"如果为了公共福利,必须剥夺若干人的私产权时,则应依照情形,给予公平的赔偿(compensation)"(GS 71)。这一点适用于国有化中的"剥夺人的私产权",也适用于土地改革。对于原来的所有者(地主)的赔偿在原则上是一种交换正义(commutative justice)的原则,而这个原则要求一点:在被给予的和被接受的之间需要有相当的比例(同等的比例)。比如,如果为了一条路或为了一座属于政府的建筑而剥夺某人的土地所有权,应该给予他公平的代价。如果类似的土地卖给私人,所获得的资金即为赔偿的金额,赔偿不应该低于这样的标准。但是如果为了土地改革或为了矿业或铁路的缘故而剥夺广大的地区,情况就不一样。在这样的情况下要给予充分的赔偿也许会超过国家的资金。"在这样的情况下,人们不能要求获得充分的赔偿。赔偿金额的标准始终是公益。"②

正当地评价某一些财产的价值是一个艰难的问题。另外,为此给予的赔偿也是个难题。也许金钱不是很合适的赔偿形式,特别是在通货膨胀很高的情况下。不过,土地的价值如果因为别的因素(而不是因所有者的工作)上升(比如土地的价值因国家提供的设备如马路、水、电等升高),就不一定为此也赔偿原来的地主。但是,人们应该考虑到这一点:那些被剥夺土地所有权的人不应该遭受太大的损失,尤其是相对于那些掌握类似多土地的,但被允许保留土地的人。如果赔偿太低或不公平,国家的作法就是非正义

---

① A. Rauscher 曾观察到,"如果在 Columbia, Peru Mexico 等地出于善意进行的土地改革没有带来所希望的结果,那就是因为单单依靠土地的重新分配——原来靠地主的农民现在自己去耕地——就不能够保证生产率的提高。如果要成功地进行土地改革,那么农民们也应该有能力去独立地管理他们的企业。国家政府始终不可以忘记这一点。"见前引书,*Private Property*,44 页。

② 见 Franz Klüber, *Katholische Eigentumslehre*, Osnabrück, A. Fromm, 1968, 110 页。

的,应该还要给予赔偿(the state would be guilty of injustice and liable to restitution)。这样的问题应该通过国家和所有者之间一种诚恳的契约来解决(should be settled by an honourable agreement between the state and the owners)。

第五章　在国际范围内的经济合作

人们都同意这一点：为了一切国家的繁荣昌盛，国际上的经济合作是不可缺少的。为了确保所有人的利益，联合国应该促进合作。纯粹的经济事实和经济上的需要都提出这种要求，然而，经济政策的方向应该根据一些超越性的价值——这些价值超越纯粹经济性的考虑。比如说，人们之间的团结(human solidarity)和基督宗教的仁爱(Christian love)就要求一切参与经济的人在人类的大家庭中克服穷困和可怜的生活条件。"基本的正义包括，一切民族都有权利去参与全球的经济——这个经济越来越是相互依存的——这样能够确保自己的自由和尊严。如果一些地区或一些群体被排除在外，不能公平地参与国际的秩序，基本的正义就会被侵犯。我们要的是一个对所有的人公平的世界(We want a world that works fairly for all)。"①

---

① 见前引书，*Economic Justice for All*，258。

一、国际经济的秩序

上面关于社会经济的真正目标所作的论述也适用于国际关系。首先,人们应该有保障获得一种符合人性尊严的生活。这方面主要有两点:一个足够的生活基础以及一个有意义的工作或职业(a sufficient livelihood and a meaningful work or occupation)。这两个条件在我们今天的世界中仍远远没有得到满足。这方面的进步也在很大的程度上取决于国际贸易的公平操作和扩展。

国际的经济基本上受自由市场秩序的指导和规划。"在现代的国际经济制度中,每一个国家就像一家公司或一家企业。无论这个国家本身是社会主义的,共产主义的或资本主义的——在国际市场上,在国际的购买和推销秩序中,每一个国家都想以最好的条件去推销自己的商品并购买别人的产品。"①一方面根本不存在一个能够控制国际经济的机构,没有任何中央的权威机构能够建立一个国际经济制度,但另一方面社会市场经济的原则也应该被遵守,正如在国家的领域内,而其理由也是类似的。国际经济的合作的目标"最完满地被达成,如果人们以尽可能低的成本能够普遍地满足对于物品和服务的种种需求。由此可以推出如下的结论:尽可能多的自由贸易,也就是说,社会的种种目标需要多少贸易,就应该有多少贸易(As much free trade as possible, that is, as much as is compatible with the social ends)",但是在这里的"社会的种种目标"就指各国和国际诸经济体系的诸社会目标。②

自由贸易原则也要受到一些限制:首先,在一个国家中的某些

---

① 见 A. D. Corson-Finnerty, *World Citizen. Action for Global Justice*, Maryknoll, N. Y., Orbis, 1982,20 页。

② 见前引书,J. Messner, *Social Ethics*, 949 页。

特殊的工业领域需要保护，尤其是如果国际竞争的对手太强大的话。比如，一些刚刚起步的工业领域（infant industries）——为了面对竞争的压力，它们先需要完善自身的发展；另外，一些在政治或经济上不可或缺的工业部门也需要保护（虽然这种保护也许要付出长期的代价）。这些措施就是保护性的任务。第二，自由贸易也受制于其他制度，因为一些比较弱小的和政治上不那么独立的国家需要防备以免遭剥削。联合国（UNO）应该提供这方面的保护。需要根据具体的情况和具体事件决定，哪些措施是最恰当的。似乎所有一切措施都会为这一方或那一方带来一些不太理想的副作用。因此，在政治上需要不断地作出让步（Political compromises therefore will be inevitable）。

　　所谓的自由世界中，似乎所有的国家都支持自由国际贸易，但实际上存在着许多限制。那些发展中国家也受到很大的打击，如果一些工业发达的国家对自己的出口产品给予补贴，但给那些来自发展中国家的半成品（或成品）加上很重的税，对进口原料则不予征收进口税。这样的规定"可能意味着，整个发展中的国家的发展遭到致命的打击。"①当然，如果工业化国家放弃原来的政策，对于那些比较简单的产品（如农产品、纺织品、鞋子等）不再给予出口补贴或征收进口税，结果就是工业国家中的生产者会受到打击，因为他们的成本比较高；工业国家中的工人也会因此受到压力。来自国外的竞争压力曾多次强迫他们降低产量，甚至关闭他们的企业。然而，美国的主教团也正确地指出，工业化的国家"能够更容易地适应这样的贸易变动，而那些穷困的发展中国家则不会那么容易克服类似的问题。"②在这

---

① 见前引书，O. V. Nell-Breuning，300 页。

② 见前引书，*Economic Justice for All*，270。"在 1966 年，巴西曾想发展自己的咖啡工业，想在巴西建立一些能够从咖啡豆生产速溶咖啡的工厂，但美国的一些公司给美国政府压力，所以美国政府说，它将会取消一切给巴西的资助。因此，巴西不得不同意，要求自己的生产者给予出口税，这样使他关闭企业。"见 A. D. Corson-Finnerty 前引书，24 页。

样的情况下，国与国之间的团结就成为一个具体的要求。那些在这样的情形下受到威胁的企业，应该要作一些改变，转向一些比较有希望的本地产品，或者将自己的生产单位挪到发展中的国家。在初期的困难后，国际的自由贸易竞争所带来的"分工合作"局面也会对第一世界国家产生更积极的作用。

不过，仅仅取消国家政府在国际贸易方面的干预是不够的。那些比较大的私人企业也需要比较全面的国际监督，否则它们就会倚靠自己的巨额财富和内行知识来利用发展中国家的一些情况，因此在不公平的条件中获取一些利益。外国企业也需要有一种"行动准则"(a code of conduct)，而这些准则"要承认这些企业的公共性质(their quasi-public character)并支持发展及利润的公平分配"。那些跨国公司都应该采取这些行动准则，并且在行动上要遵守这些规律。"①联合国在这方面应该有领导地位，在国际贸易类似的项目中也应该走出第一步。而且，发展中国家都需要工业化国家的积极协助，这样才能够调整它们在经济上的落后态度，能够在其境内促进经济并满足国内居民的种种需要。这就引出下面的问题。

二、经济发展和全球团结

正如 19 世纪的重要任务是克服社会上的贫富不均问题(the social question)，20 世纪的新挑战就是克服世界范围内的贫穷问题，因为它也造成一种难以容忍的贫富不均现象。从一开始我们要明白一点："发展中国家的贫穷有很多原因。任何一个只考虑到一个原因的解释(mono-causal explanation)都会忽略真正的问题，

---

① 见前引书，*Economic Justice for all*，280。

而任何一个单向的解决方案也没有用。"①同时，在任何一个获得国际性发展的公司，人们都不能逃避对于发展中国家的责任，因为一切国家都彼此依赖。"彼此之间的依赖性必须成为团结"（SRS 39），就是富裕国家和贫穷国家之间的团结，也是发展中国家之间的团结（SRS 45）。

工业诸国的优越性和强大与发展中国家的软弱，根源并非仅仅出于前者的财富和后者的贫穷，更重要的是发展中国家在社会和文明上的缺陷（比如人们不识字，没有专业知识，家族的联系太强等），而这些因素阻碍它们充分地利用和发挥它们在人力和自然资源方面的潜力。② 发达的国家必须帮助那些缺乏发展的国家。不过，贫穷的原因"在很大的程度上都来自他们经济制度的原始性

① 见 H. Sautter，前引书，131 页。作者认为，"诸工业国家的财富主要是它们自己工作的结果，但所造成的情况也许会阻碍第三世界中的一些发展"（同上）。然而，在几个问题上，原来的殖民地国可以批评他们的殖民强国，比如英国在原则上都允许了进口从殖民地来的原料，但没有发展殖民地中的工业企业，因为它通过进口税保护了母国的工厂。另一个错误是，外国来的投资经常仅仅来自一个国家，甚至来自这一国的一个公司，所以这些公司的权力特别大，甚至超过本地政府的权力（比如在拉丁美洲）。这种现象也违背民主、国家的主权和自由的市场经济的原则。当然，个别的外因企业也曾多次利用了一些不公平的条件，在殖民地中采取不公平的措施，正如它们在自己的母国也同样想利用不正当的方式获得利润。不过，这并不是殖民主国的政策，也不是这些国家的财富的主要来源。工业国家的财富主要来自彼此之间的贸易（75%），而不是来自与第三世界进行的贸易（只有12%）。剩下的 13% 是东、西之间的贸易以及第三世界国家之间的贸易（根据 1988 年的统计）。

② 参见 O. von Nell-Breuning，*Gerechtigkeit und Freiheit*，前引书，304 页。人们曾多次责怪了富国，说发展中的国家都在经济上依赖富国，所以不能发展。但这个观点只是片面的。"1960 年以来，人们提出了'依赖性理论'，但具体的分析数字不能支持这个理论。比如，这个理论不能解释，为什么一些不久以前是很穷的国家获得那么快的发展（比如日本），或为什么一些自然资源非常丰富的国家相对落后。这个理论也不能解释，为什么一些少数民族的文化在某些比较穷的国家里仍然发展得相当好，虽然其环境还歧视他们。"见 M. Novak，*Freedom with Justice*，前引书，172 页。

和落后。"为了解决这个问题,必须教导人们一些基本的技术,并借助一定的资金来促进和加速"经济的发展,而且也要用现代诸方法"(MM 163)。在这些项目中,人们应该不要太多注意到那些庞大的组织和繁杂的官僚体系,但应该更重视小型企业的发展。任何一个国家的经济发展主力都来自那些小型的家庭企业。

在很多情况下,发展中国家的自然资源很丰富,本来可以发展繁荣的农业,但在政治传统或社会组织上却存在着巨大的阻碍:古老的封建主义制度,原始的耕种方式,缺少专业知识和专业训练,缺少资本等等,克服这些问题必须是发展中国家自己的责任。"首先,发展需要有一种首创精神和进取心(initiative),那些需要发展的国家自己需要有这种态度"(SRS 44)。如果政府控制农业产品的价格——这是出于善意,因为要帮助穷人——那么农民自己的利润就很小,导致的结果就是产量小——这就为所有人带来负面影响。[1] 如果通过农产品可以获得更好的收入,人们也不会都去城市找工作,还会在乡下创办一些小型的贸易企业。"在那些目前处于饥饿状态的国家中,任何事物都不可能代替农业和食品的长期发展。大部分的专家都同意这一点:经济发展的关键因素就是小型的农场。"[2]

外国的投资也许要冒一些风险,无论是对投资者还是发展中国家而言,但它仍然是一个重要的经济协助方式,因为某些地区迫切地需要这种资金、技术和管理知识。在这个过程中,人们应该注

---

[1]　一旦印度取消了对价格的控制,生产量就上升,而新的产量标准还自然保持着比较低的物价。"两年以内……粮食充足,人们不再继续排队,也不再使用粮票。放弃集体农场的方式就带来良好的效果:印度在食品上成为自给自足的,1989 年还生产了 150 万吨可供出口的大米",见 *Newsweek*,March 19, 1990, 33 页。

[2]　见 *Economic Justice for All*,前引书,283。"不过,提出长期发展的方案还不会解决另一个比较短期的问题和任务:世界上的主要食品出口国家必须为穷人的需要提供一些食品——这些不应该只是自己多余的食品,而且也不应该妨碍在本地区的食品生产。"(同上,284)

意到一点：不要创造片面的依赖性。那些发展中国家应当注重生产的多样化，也要和多种商贸对象进行贸易，并且应该邀请许多国家进来投资。"进行投资的公司其产品和技术都应该符合该发展中国家的需要；它们不应该仅仅回应一些少数的高收入人士的需要，也不应该建立一些需要大量资金，但不需要劳力的企业（nor establishing capital-intensive processes that displace labour），特别是在农业领域。"[1]

我们上面已经提到说，工业国家都应该充分地遵守自由贸易的原则并取消对于进口产品的征税，特别是对于这些来自发展中国家的产品，虽然这也需要付出一些代价，作出一些适应性措施。但如果这样做，那是对比较贫穷的国家的一种非常具有建设性的贡献。"因此，基督徒们应该全心支持这一点：为了支持发展中国家的产品，应当毫无保留地取消那些保护性措施。"[2]

贷款和各种借贷资金"可以视为促进发展的一种贡献，它本身是一种良好的并且合情合理的事务"。然而，在金融市场的变化中，以贷款的形式给予的经济协助也会"成为一个负面的结构（a counterproductive mechanism），因为那些债务国必须付清他们的债务，所以他们必须付出很多资金，但这些钱在国内也非常需要；人们依赖这些资金去改进或至少保持他们的生活水平。"因此，那些提供贷款的国家应该考虑到"各民族之间依赖关系的道德性质"（SRS 19）[3]。在这样的条件下，出于团结的理由，一方应该放弃至少一部分的债（Reasons of solidarity may oblige, under such con-

---

① 见同上，279。

② 见 W. Lachmann, *Leben wir auf Kosten der Dritten Welt*? 前引书，92 页。

③ 圣座的"正义与和平"委员会曾经对于国际债务的问题发表了一个文件：*At the Service of the Human Community：An Ethical Approach to the International Debt Question*, 27. Dec. 1986, *Enchiridion Vaticanum*, Vol. 10, Bologna, EDB, 1989, 770—797 页。

ditions, to remit at least part of the loans)。

我们不能否认一个事实:恰恰在一些比较贫穷的国家中,人口的增长率很高,但世界上的资源是有限的。针对这个问题,教宗保禄六世(Paul Ⅵ,亦译"保罗六世")曾说:"实际上,人口的快速增长在很多地方也对发展造成了不利影响:人口的增长率很高,超过能够使用的资源的增长率,所以人们好像遇到了一些不能克服的问题。在这个时刻就出现一个很大的诱惑,就是是否可以通过很彻底的措施控制人口的增长。政府可以——在自己的职权范围内——进行一些干预,这一点是肯定的,比如政府可以传播一些这方面的知识,也可以采取一些适当的措施,但它们都必须符合道德律,也必须尊重夫妻的正当自由。"(PP 37;参见 GS 87;SRS 25)

显而易见的是,此外还需要一些可以自由发放的发展资金——这就是对发展中国家的一种直接的协助。这里的给予者可以有个人、私立的组织或政府。人们应该向这些比较富裕的国家发出呼吁,使它们慷慨无私地资助穷人。"我们还必须大量地扩大对发展中国家的协助,虽然这也需要付出很大的代价。"①

就那些具体的项目而言,专家们说"国际的发展协助不应该从一些庞大的、引人注目的项目开始,应该先在基础建设的层次上协助一些劳力密集的工作,比如建造马路、桥梁、铁路、水渠等。同时,应该建立很多小型和中型的企业,使它们生产一些消费品(纺织品、家具、日用品等),这样就有足够多的消费品,而那些参加基础建设的工人获得一些收入后,也有了消费的去处。否则,物价会上升,但人们的贫穷状态不会有什么改进。"②一位斯里兰卡(Sri Lanka)的经济学家 A. T. Ariyaratne 也有类似的想法。他认为,

---

① 见 J. Card. Höffner, "The world economy in the light of Catholic social teaching", in *Church and Economy. Common Responsibility for the Future of the World Economy*, ed. by J. Thesing, Mainz, Hase & Koehler, 1987, 44 页。

② 见同上,45 页。

发展应该根据一个民族自己的传统和价值,也得从基本(草根层次)开始发展。"开始的时候必须利用人们本来就掌握的那些技术性知识,也应该利用本地的资源。后来要用更进步的知识来适当地提高这些。国家政府的发展计划不仅仅是局部的,而且应该完全基于人民的参与。这就应该先满足人们的基本需要,并且不应该创造一些不现实的需求——这些需求只是那些物质主义文明的盲目模仿。"①

各种团体和类似的组织对于第三世界国家所作的贡献也是非常重要的。他们建立了教育制度,而且通过他们的慈善工作对第三世界国家给予了关键性的协助。另外,他们在自己各自的母国里首先影响了西方人的思想和良心,使他们更多对比较贫穷的国家有一种责任感。因为他们亲自到过那些海外的国家,能够更好地帮助一些发展项目。同时,由于这些宣教士大多住在比较偏僻的乡下地区,也能够在离大城市比较远的地区推动一些帮助人们自立的草根项目。② 这些人大多都会支持小型的项目,而这些小型的项目能够创造最大的福利。"作为一个基本的原则可以说,几百万个小型的项目比那些以几百万元计算的大型项目要好。"③

最终,除了资金、教育和训练外,文化和道德上的态度对于一个国家的发展也具有关键性的影响。"需要有态度上的改变,就是

---

① 见 A. T. Ariyaratne, Collected Works, Vol. I, Dehiwala, Sri Lanka, n. d. , 134 页;引自 D. Goulet, in *Readings in Moral Theology No 5: Official Catholic Social Teaching*, ed. by C. E. Curran and R. A. McCormick, New York: Paulist Press, 1986, 353 页。

② 根据历来的经验,那些外来的资金和技术主要只会帮助一些国家的首都。"对大部分的发展中国家都是这样:外来的协助不会来到首都周围的地区或边缘地区,而如果来到那些地区只会创造一些新的封闭性的小区(new enclaves)。"见 Hans Zwiefelhofer, *Neue Weltwirtschaftsordnung und katholische Soziallehre*, Mainz, Gruenewald, 1980, 122 页。

③ 见 H. Sautter,前引书,128 页。

对于劳动、财产、预先计划、遵守时间、可靠性等的修正。"①在这一点上,各教会也能够作出重大的贡献,而且实际上它们都已经获得了良好的成就。对于耶稣基督的信仰能够改变人们并带给他们一些新的道德价值和伦理习惯。

"实际上,今天的人更清楚地了解到,纯粹积累财富和各种服务不足以带给人们幸福,虽然这也许是为了大多数人的利益……相反,近几年以来的经历告诉我们,如果人们所掌握的种种资源和潜质,没有在一种道德理性的指引下,指向全人类之真正福祉,那么,它们很容易会反过来压制原本掌控资源的人们(unless all the considerable body of resources and potential at man's disposal is guided by a *moral understanding* and by an orientation towards the true good of the human race, it easily turns against man to oppress him)"(SRS 28)。虽然发展也必然地包括经济的层面,但却不限于经济的层面;发展的方向应该是个人的整全的使命(it must be oriented towards the vocation of man seen in his totality),包括他的文化、宗教和超越性的维度。

---

① 见 W. Lachmann, *Leben wir auf Kosten der Dritten Welt?*, 前引书, 95 页。

文 献 目 录

有关基督宗教社会思想的总论

Alberione，James. *Design for a Just Society*，《正义社会的计划》，updated by the Daughters of Saint Paul. Pasay City，Philippines：Daughters of St. Paul，1990，2ⁿᵈ printing.

Antoncich，Ricardo. *Christians in the Face of Injustice. A Latin American reading of Catholic social teaching*，《基督徒面对不义。从南美洲的角度看公教的社会教导》，Maryknoll：Orbis Books，1987.

Barrera，Albino. *Modern Catholic Social Documents and Political Economy*，《现代公教的社会伦理文献和政治经济》，Washington：Georgetown University，2001.

Bilgrien，Marie Vianney. *Solidarity*，《团结公契》，American University Studies，NY：Lang，1999.

Canavan，Francis. *The Pluralist Game. Pluralism，Liberalism*

and the Moral Conscience,《多元化的游戏。多元化、自由主义和道德良心》, Lanham, MD: Rowman and Littlefield, 1995.

Carrier, Herve. *The Social Doctrine of the Church revisited*,《重读教会的社会教导》, Vatican Polyglot Press, 1990.

Chambers, Robert R. *Political Theory and Social Ethics*,《政治理论和社会伦理》, Buffalo, NY: Prometheus Books, 1992.

Clarke, Thomas E. , ed. *Above Every Name: The Lordship of Christ and Social Systems*,《万名之上：基督的主权和各种社会制度》, NY, Ramsey: Paulist, 1980.

Charles, Rodger, with Droston Maclaren. *The Social Teaching of Vatican* II. *Its Origin and Development*,《梵二社会教导的来源和发展》, Oxford: Plater Publ. / San Francisco: Ignatius, 1982.

Charles, Rodger. *Christian Social Witness and Teaching*,《基督徒在社会上的见证和教导》, 2 vols. Leominster, UK: Gracewing, 1998.

Coleman, John. *One hundred years of Catholic Social Thought*,《公教社会思想一百年》, Maryknoll, NY: Orbis, 1991.

Compendium of the Social Doctrine of the Church,《公教社会教导文集》, ed. by the Pontif. Council for Justice and Peace, Libreria Editrice Vaticana, 2004.

Curran, Charles E. *Catholic Social Teaching*, 1891 - *present. A historical, theological, and ethical Analysis*,《1891 年至今的公教的社会教导。历史学、神学和伦理学的分析》, Washington: Georgetown University, 2002.

Curran, Charles E. and McCormick, Richard A. , eds. *Readings in Moral Theology*, *no.* 5: *Official Catholic Social Teachings*,《道德神学的解读，第 5 辑：公教社会教导》, NY:

Paulist Press，1986.

De Santa Ana，Julio. *Towards a Church of the Poor: The Work of an Ecumenical Group on the Church and the Poor*，《为着贫困者的机会：普世教会团体在教会及贫困者中的工作》，Maryknoll：Orbis Books，1981.

Dorr，Donal. *Option for the Poor. A Hundred Years of Vatican Social Teaching*，《选择穷人。一百年来的梵蒂冈社会教导》，Dublin：Gill and Macmillan，1992，rev. edition.

Dorr，Donal. *The Social Justice Agenda. Justice，Ecology，Power and the Church*，《社会正义目标。公道，环保，权力和教会》，Dublin：Gill and Macmillan，1991.

Dussel，Enrique. *Ethics and community*，《伦理和团体》，Maryknoll：Orbis Books，1988.

Ellingsen，M. *The Cutting Edge. How Churches Speak on Social Issues*，《尖锐点。各教会对社会问题的观点》，Geneva：WCC Publications；Grand Rapids：Eerdmans，1993.

Garrett，William R.，ed. *Social Consequences of Religious Belief*，《宗教信仰对社会的影响》，NY：Paragon House，1989.

Gomez，F. *Social Ethics. Doctrine and Life*，《社会伦理。理论和生活》，Manila：UST Press，1991.

Green，Robert W.，ed. *Protestantism，Capitalism，and Social Science：The Weber Thesis Controversy*，《新教信仰，资本主义和社会科学：关于韦伯理论的争论》，Lexington：D. D. Heath，1973，second edition.

Hayry，Matti. *Liberal Utilitarianism and Applied Ethics*，《自由实用主义和适用伦理学》，London/NY：Routledge，1994.

Himes，Kenneth R.，ed. *Modern Catholic Social Teaching：Commentaries and Interpretations*，《现代公教社会教导：一些说明和解

释》，Washington：Georgetown University，2005.

Hobgood，Mary E. *Catholic Social Teaching and Economic Theory Paradigms in Conflict*，《公教社会教导和经济理论之间的冲突》，Philadelphia，PA：Temple University，1991.

Hoeffner，Joseph Cardinal. *Christian Social Teaching*，《基督宗教的社会教导》，Cologne：Ordo Socialis，1997.

Holland，Joe，and Henriot，Peter. *Social Analysis. Linking Faith and Justice*，《社会分析。结合信仰和正义》，Maryknoll，NY：Orbis，1983，rev. ed.

Hollenbach，David. *Justice，Peace，and Human Rights. American Catholic Social Ethics in a Pluralistic World*，《正义、和平与人权。在多元化世界中的美国社会伦理学》，NY：Crossroad，1988.

Kammer，Fred. *Doing Faith Justice. An Introduction to Catholic Social Thought*，《公平地对待信仰。公教社会思想导论》，Mahwah，NJ：Paulist，1991.

Kirkpatrick，Frank G. *The Ethics of Community*，《团体的伦理学》，Oxford：Blackwell，2001.

Lane，Dermot A. *Foundations for a Social Theology. Praxis，Process and Salvation*，《社会神学的基础。实践，过程和救恩》，NY：Paulist，1984.

Lobo，G. V. *Church and Social Justice*，《教会和社会正义》，Anand：Gujarat Sahitya Prakash，1993.

Longenecker，R N，*New Testament Social Ethics for Today*，《新约社会伦理之今用》，Grand Rapids，MI：Eerdmans，1984.

Marsden，J. *Marxism and Christian Utopianism. Toward a Socialist Political Theology*，《马克思主义和基督宗教的乌托邦思想。走向社会主义的政治神学》，NY：Monthly Review

Press，1991.

Maximiano，H. *The Signs of the Times and the Social Doctrine of the Church*，《时代的征兆和教会的社会教导》，Manila：Our Lady of Guadalupe，1992.

McDonagh，Enda. *Social Ethics and the Christian*，《基督徒和社会伦理学》，Manchester：University Press，1979.

McDonagh. *The Gracing of Society*，《社会的恩宠化》，Dublin：Gill and Macmillan，1989.

McGoldrick，Terrence. "Episcopal conferences worldwide on Catholic social teaching"，《全球主教团关于公教社会教导的说法》，*Theol. Studies* 59 (1998) 22—50.

Messner，Johannes. *Social Ethics*，《社会伦理学》，St. Louis/London：B. Herder Book Co. ，1965.

Miller，David. *Principles of Social Justice*，《社会正义的种种原则》，Cambridge，MA：Harvard University，1999.

Mueller，Franz Hermann. *The Church and the Social Question*，《教会和社会问题》，Washington：American Enterprise Institute，1984.

Novak，Michael. *Freedom with Justice. Catholic Social Thought and Liberal Institutions*，《自由和正义。公教社会思想和自由的机构》，NY：Harper and Row，1984.

O'Brien，David J，and Shannon，Thomas A. ，eds. *Catholic Social Thought. The Documentary Heritage*，《公教的社会思想。文献的遗产》，Maryknoll，NY：Orbis，1992.

Outhwaite，William et al. ，eds. *The Blackwell Dictionary of Twentieth—Century Social Thought*，《20 世纪社会思想的布莱克维尔辞典》，Oxford/Cambridge，MA：Basil Blackwell，1993.

Pilarczyk，Daniel E. (Archbishop). *Bringing Forth Justice. Basis*

for Just Christians,《结出正义的果实。正义基督徒的基础》，
Cincinnati, OH: St. Anthony Messenger, 1999.

Preston, Ronald H. *Confusions in Christian Social Ethics.
Problems for Geneva and Rome*,《基督宗教社会伦理学的混
乱。日内瓦和罗马的难题》, London: SCM Press, 1994.

*Proclaiming Justice and Peace. Church Documents from John
XXIII to John Paul* Ⅱ,《宣告正义与和平。从若望二十三世
到若望保禄二世的教会文献》, ed. by M. Walsh and B. Da-
vies. London: Harper Collins, 1991 (includes *Rerum Nova-
rum* and *Quadragesimo Anno*)

Robertson, R., and Garrett, W., eds. *Religion and Global Or-
der*,《宗教与世界秩序》, NY: Paragon Press, 1991.

Rodger, Charles. *An Introduction to Catholic Social Teaching*,
《公教社会教导导论》, San Francisco: Ignatius, 1999.

Rosenblum, Nanca L., ed. *Liberalism and the moral life*,《自由主
义和道德生活》, MA/London: Harvard University, 1991.

Sanks, T. Howland. "Globalization and the Church's social mis-
sion",《全球化与教会的社会使命》, *Theol. Studies* 60 (1999)
625—651.

Song, Robert. *Christianity and Liberal Society*,《基督宗教与自
由社会》, NY: Oxford University, 1997.

Theissen, Gerd. *Social Reality and the Early Christians. The-
ology, Ethics and the World of the New Testament*,《早期基
督徒和社会现实。神学、伦理学和新约的世界》, Edinburgh: T
& T Clark, 1992.

Troeltsch, Ernst. *The Social Teaching of the Christian Chur-
ches*,《基督教会的社会教导》, Louisville, KY: Westminster/
John Knox Press, 1992.

Walsh, James Joseph. *Integral Justice. Changing People. Changing Structures*,《全面的正义。改变人。改变结构》, NY: Orbis, 1990.

Vallely, Paul, ed. *The New Politics. Catholic Social Teaching for the Twenty-first Century*,《新政治。21 世纪的公教社会教导》, London: SCM, 1998.

经济的道德秩序

Alford, Helen, and Naughton, Michael. *Managing as if Faith matters. Christian Social Principles in the Modern Organization*,《信仰关涉下的管理。现代组织中的基督教社会原则》, University of Notre Dame, 2002.

Argandona, A. , ed. *The Ethical Dimension of Financial Institutions and Markets*,《金融机构和市场的伦理维度》, Berlin: Springer: 1995.

Atherton, John. *Christianity and the Market. Christian Social Thought for Our Times*,《基督宗教和市场。当代的基督宗教社会思想》, London: SPCK, 1992.

Barrera, Albino. *Economic Compulsion and Christian Ethics*,《经济的压力和基督徒的伦理学》, Cambridge, MA: Cambridge University, 2005.

Benne, Robert. *The Ethic of Democratic Capitalism. A Moral Reassessment*,《民主资本主义的伦理。一种道德评论》, Philadelphia: Fortress, 1981.

Berenbein, Ronald. *Corporate Ethics*,《集体伦理学》, Research Report No. 900. NY: The Conference Board, 1987.

Block, Walter. The U. S. *Bishops and their Critics. An Eco-*

nomic and Ethical Perspective,《主教和他们的批评者。从经济和伦理学来看》, Vancouver, BC: Fraser, 1986.

Boerma, Conrad. *The Rich, the Poor – and the Bible*,《富人,穷人——和圣经》, Philadelphia: Westminster Press, 1979.

Brubaker, Pamela K. *Globalization at what Price? Economic Change and Daily Life*,《全球化的价码? 经济变化和每天的生活》, Cleveland: Pilgrim, 2001.

Buarque, Cristovam, and Ridd, Mark. *End of Economics? Ethics and the Disorder of Progress*,《经济学的终末? 伦理学和进步的无序》, London: Zed Books, 1993.

Burke, T. Patrick. *No Harm. Ethical Principles for a Free Market*,《无害。自由市场的伦理原则》, NY: Paragon House, 1994.

Casey, John. *Ethics in the Financial Marketplace*,《金融市场中的伦理学》, NY: Scudder, Stevens & Clark, 1988.

Charlton, William; Mallinson, Tatiana; Oakeshott, Robert. *The Christian Response to Industrial Capitalism*,《基督徒对工业资本主义的回应》, London: Sheed & Ward, 1986.

Chomsky, Noam, *Profit over People. Neoliberalism and Global Order*,《利润先于人民。新自由主义和全球的秩序》, NY: Seven Stories Press, 1999.

Cort, John C. *Christian Socialism. An Informal History*,《基督式的社会主义。一部小史》, Maryknoll, Orbis Books, 1988.

Crawford, John R. *A Christian and His Money*,《基督徒与其个人财富》, Montreal: Medeor, 1988.

Danner, Peter L. *Getting and Spending. A Primer in Economic Morality*,《收入和开支。经济伦理学入门》, Kansas City: Sheed & Ward, 1994.

De Vries, Barend A. *Champions of the Poor. The Economic Consequences of Judeo—Christian Values*,《穷人的保卫者。犹太—基督教价值观的经济影响》, Washington: Georgetown University, 1998.

Economic Justice for All. Pastoral Letter on Catholic Social Teaching and the U. S. Economy,《经济上的普遍正义。关于公教社会教导和美国经济之牧函》, Washington: United States Catholic Conference, 1986.

Etzioni, Amitai. *The Moral Dimension. Towards a New Economics*,《道德层面。走向新经济学》, NY, 1990.

Falk, Richard. *Religion and Humane Global Governance*,《宗教和人道的全球管理》, NY: Palgrave, 2001 (world religions and reform of economic globalization).

Finnerty, Adam Daniel. *World Citizen. Action for Global Justice*,《世界公民。为全球正义的行动》, Maryknoll: Orbis Books, 1982.

Fleeuriot, G. de. *Church and Human Relations in Industry*,《教会和工业中的人际关系》, Bangalore: TPI, 1981.

Gannon, Thomas M. , ed. *The Challenge to the American Economy. Reflections on the U. S. Bishops' Pastoral Letter*,《美国经济的挑战。反省美国主教团的牧涵》, London: Collier Macmillan, 1986.

Gay, Craig M. *With Liberty and Justice for Whom? The Recent Evangelical Debate over Capitalism*,《谁的自由和正义？福音派近来关于资本主义的争论》, Grand Rapids: Eerdmans, 1991.

"Globalization and its Victims"《全球化及其受害者》, *Concilium* 2001/5.

Gorringe, Timothy J. *Capital and the Kingdom. Theological*

Ethics and Economic Order,《资本和天国。神学伦理和经济秩序》, London: SPCK, 1994.

Greeley, Andrew M. *No Bigger Than Necessary: An Alternative to Socialism, Capitalism and Anarchism*,《尽可能小：社会主义、资本主义和无政府主义以外的可能性》, NY: American Library, 1977.

Griffiths, Brian. *Morality and Market Place*,《道德和市场》, London: Hodder and Stoughton, 1982.

Griffiths, Brian, *The Creation of Wealth: A Christian's Case for Capitalism*,《财富的创造：基督徒和资本主义的关系》, Downers Grove, IL: Inter—Varsity Press, 1984.

Hamilton, K. Earthly Goods. *The Churches and the Betterment of Human Existence*,《教会与人类生存状况改进》, Grand Rapids: Eerdmans, 1990.

Harries, Richard. *Is There a Gospel for the Rich?*《富人有没有福音?》, London: Mowbray, 1992.

Hart, Stephen, *What American Christians Think about Economic Justice*,《美国基督徒关于经济正义有什么想法》, Oxford: Oxford University, 1992.

Hasslett, David W. *Ethics and Economic Systems*,《伦理学和各种经济制度》, Cambridge: Clarendon Press, 1994.

Haughey, John C. *The Holy Use of Money. Personal Finances in the Light of Christian Faith*,《神圣地使用钱。从基督信仰角度看个人金融》, NY: Crossroad, 1989.

Haworth, Alan. *Anti-libertarianism. Markets, Philosophy, and Myth*,《反自由主义。市场、哲学和神话》, London/ NY: Routledge, 1994.

Herman, Stewart W. *Durable Goods. A Covenantal Ethic for*

Management and Employees,《可靠的商品。管理者和员工之间的契约伦理》,University of Notre Dame,1997.

Hinkelammert,Franz J. *The Ideological Weapons of Death. A Theological Critique of Capitalism*,《意识形态的死亡武器。神学对资本主义的一种批评》,NY:Orbis,1986.

Hoeffner,Joseph Cardinal. *Economic Systems and Economic Ethics. Guidelines in Catholic Social Teaching*,《经济制度与伦理。公教社会教导的指导原则》,Ordo Socialis No. 1,Cologne,1988.

Hoppe,Hans Hermann. *Economics and Ethics of Private Property. Studies in Political Economy and Philosophy*,《经济和个人财产的伦理学。政治经济学和哲学研究》,Dordrecht:Kluwer Academic Publ. ,1993.

Hopper,David H. *Technology, Theology and Idea of Progress*,《技术,神学和进步的概念》,Louisville,KY:Westminster/ John Knox,1991.

Kapur,Basant. *Communitarian Ethics and Economics*,《集体伦理和经济学》,Aldershot,Hampshire:Avebury,1995.

Keogh,James. *Corporate Ethics:A Prime Business Asset*,《集体伦理:商业上的优势》,NY:The Business Roundtable,1988.

Limits of Competition,《竞争的限度》,ed. by the Group of Lisbon. Cambridge,MA:MIT Press,1995.

McCarthy,George E. ,and Rhodes,Royal W. *Eclipse of Justice. Ethics, Economics and the Lost Tradition of American Catholicism*,《正义的失落。伦理学,经济学和美国公教传统的消失》,Maryknoll:Orbis,1992.

McLellan,David,and Sayers,Sean,eds. *Socialism and Morality*,《社会主义和道德》,London:Macmillan,1990.

Meeks, M. Douglas. *God the Economist. The Doctrine of God and Political Economy*,《作为经济学家的上帝。关于上帝的教导和政治经济学的关系》, Minneapolis: Fortress, 1989.

Merkle, Judith A. *From the Heart of the Church: The Catholic Social Teaching*,《教会的心肠: 公教会的社会教导》, Collegeville: Liturgical, 2004.

Michelman, Irving, S. *Moral Limitations of Capitalism*,《资本主义的道德限制》, Aldershot, Hampshire: Avebury, 1994.

Neuhaus, Richard John. *Doing Well & Doing Good. The Challenge to the Christian Capitalist*,《成功和行善。基督徒资本主义者的挑战》, NY/ London: Doubleday, 1992.

North, Gary. *An Introduction to Christian Economics*,《基督教经济学导论》, Nutley, N. J. Craig Press, 1973.

Novak, Michael. *The Spirit of Democratic Capitalism*,《民主资本主义的精神》, NY: Simon & Schuster, 1982.

Novak, Michael. *The Catholic Ethic and the Spirit of Capitalism*,《公教伦理和资本主义精神》, NY: The Free Press, 1993.

"Outside the Market no Salvation?",《市场以外无救恩?》, *Concilium* 1997/2.

Pawlikowski, John, and Senior, Donald. *Economic Justice. CTU's Pastoral Commentary on the Bishop's Letter on the Economy*,《经济上的正义。芝加哥大学神学院对美国主教团关于经济的牧函解释》, Washington: The Pastoral Press, 1988.

Pemberton, Prentiss L. , and Finn, Daniel Rush. *Toward a Christian Economic Ethics*,《走向基督式的经济伦理》, Oak Grove: Winston Press, 1985.

Peschke, Karl H. *Social Economy in the Light of Christian Faith*,《基督信仰中的社会经济》, Ordo Socialis No. 7. Trier:

Paulinus Verlag，1994（3rd Edition）.

Piderit，John J. *The Ethical Foundations of Economics*,《经济学的伦理基础》，Washington：Gorgetown University，1993.

Preston，Ronald H. *Religion and the Ambiguities of Capitalism. Have Christians Sufficient Understanding of Modern Economic Realities?*,《宗教和资本主义的模棱两可性。基督徒对现代经济现实有足够的了解吗?》，London：SCM，1991.

Prindl，Andreas R. , and Prodhan，Bimal. *Act Guide to Ethics in Finance*,《金融伦理行动指南》，Oxford/Cambridge，MA：Basil Blackwell，1994.

Rasmussen，Larry. *Economic Anxiety and Christian Faith*,《经济焦虑和基督信仰》，Minneapolis：Augsburg Publ. House，1981.

Rauscher，Anton. *Private Property. Its Importance for Personal Freedom and Social Order*,《个人财产。它对于个人自由和社会秩序的影响力》，Ordo Socialis no. 3，Cologne，1991.

Roos，Lothar，ed. *Church and Economy in Dialogue. A Symposium in Rome*,《教会和经济学的对话。在罗马的一次讨论会》，Ordo socialis no. 2，Cologne，1990.

Rotschild，Kurt Wilhelm. *Ethics and Economic Theory. Ideals, Models and Dilemmas*,《伦理学和经济理论。理想,模式和难题》，Aldershot，Hants：Edward Elgar，1993.

Sandel，Michael J. *Liberalism and the Limits of Justice*,《自由主义和正义的限度》，Cambridge University Press，1982.

Schultz，Walter J. *The Moral Conditions of Economic Efficiency*,《经济效率的道德前提》，New York：Cambridge University，2001.

Sedgwick，Peter，*The Enterprise Culture. A Challenging New Theology of Wealth Creation for the 1990s*,《企业文化。1990

年代对创造财富思想的新神学挑战》，London：SPCK 1992.

Sedgwick，Peter，*The Market Economy and Christian Ethics*，《市场经济和基督式伦理学》，Cambridge（UK）：Cambridge University，2001.

Sen，Amartya. *On Ethics and Economics*，《伦理学和经济学》，Oxford：Basil Blackwell，1987.

Sider，Ronald J. *Rich Christian in an Age of Hunger*，《饥饿时代的富有基督徒》，Dallas，TX：Word Books，1990.

Sparkes，Russell. *Socially Responsible Investment. A Global Revolution*，《负责任的社会投资。一次全球性的革命》，NY：John Wiley，2002.

Stevenson，W. Taylor. *Soul and Money. A Theology of Wealth*，《灵魂和金钱。财富的神学》，NY：The Episcopal Church Center，1991.

Urena，Enrique M. *Capitalism or Socialism. An Economic Critique for Christians*，《资本主义或社会主义。基督徒们的经济批判》，Chicago：Franciscan Herald，1981.

Vickers，Douglas. *Economics and Ethics. An Introduction to Theory，Institutions，and Policy*，《经济学和伦理学。介绍理论，机构和政策》，Westport，CT：Praeger，1997.

Wogaman，J. Philip. *Economics and Ethics. A Christian Enquiry*，《经济学和伦理。基督徒的询问》，London：SCM，1986.

商业伦理

Beauchamp，Tom L.，and Boure，Norman E.，eds. *Ethical Theory and Business*，《伦理理论和商业》，New York：Prentice Hall，1993.

Blackburn，Tom. *Christian Business Ethics. Doing Good while Doing Well*，《基督式的商业伦理。既行善又成功》，Chicago：Fides/Claretian，1981.

Boatright，John R. *Ethics and the Conduct of Business*，《伦理学和商业管理》，NY：Prentice Hall，1993.

Boylan，Michael. *Ethical Issues in Business*，《商业中的伦理问题》，NY：Harcourt Brace College，1995.

Chryssides，George D. , and Kaler，John H. *An Introduction to Business Ethics*，《商业伦理导论》，NY：Van Nostrand Reinhold International，1993.

Donaldson，Thomas. *The Ethics of International Business*，《国际商务伦理》，NY/ Oxford：Oxford University，1992.

Donaldson，Thomas. *Case Studies in Business Ethics*，《商业伦理个案研究》，NY：Prentice Hall，1993.

Edwards，James Don，and Hermanson，Roger H. *Essentials of Financial Accounting with Ethics Cases*，《金融会计原理和伦理》，Homewood，IL：Business One Irwing，1993.

Freeman，R. Edward，ed. *Business Ethics. The State of the Art*，《商业伦理。学术现况》，NY：Oxford University，1993.

George，Richard T. *Competing With Integrity in International Business*，《在国际商业竞争中保持公道》，NY：Oxford University，1993.

Gomez，Raphael. *What's Right and Wrong in Business? A Primer in Business Ethics*，《商业中的正确与谬误：商业伦理学导论》，Manila：Sinang-tala，1990.

Hartley，Robert F. *Business Ethics. Violations of the Public Trust*，《伦理学。侵犯公共信用的问题》，NY/Chichester：John Wiley and Sons，1993.

Hosmer, L. T. *The Ethics of Management*,《管理的伦理学》,
Boston, MA: Irwing, 1991.

Jennings, Marianne Moody. *Cases in Business Ethics*,《商业伦理
学》, Saint Paul, MN: West Publ. Col, 1993.

Lacniak, Gene R., and Murphy, Patrick. *Ethical Marketing
Decisions*,《伦理道德的市场决择》, Needham Heights, MA:
Allyn & Bacon, 1993.

Mahoney, Jack. *Teaching Business Ethics in the UK, Europe
and the USA. A Comparative Study*,《在英国、欧洲和美国教
导商业伦理学。一部比较性研究》, London/ Atlantic High-
lands: Athlone Press, 1990.

Pratley, Peter. *The Essence of Business Ethics*,《商业伦理的本
质》, Englewood Cliffs, NJ: Prentice Hall, 1995.

Renesch, John. *New Traditions in Business*,《商业的新传统》,
San Francisco, CA: Berret—Koehler, 1993.

Rueschhoff, N. ed. *Christian Business Values in an Intercultur-
al Environment*,《多文化环境中基督徒的商业价值》, Berlin:
Duncker & Humblot, 1989.

Rush, Myron. *Management: A Biblical Approach*,《从圣经的进
路来看管理》, Wheaton, IL: SP Publications, 1983.

Solomon, Robert C. *Ethics and Excellence. Cooperation and
Integrity in Business*,《伦理学和优秀效果。商业中的合作和
公道》, New York/ Oxford: Oxford University, 1992.

Sonnenberg, Frank. *Managing with a Conscience. How to Im-
prove Performance through Integrity, Trust, and Commit-
ment*,《以良心去管理。通过公道,信用和献身去提高效率》,
NY/London: McGraw—Hill, 1994.

Stevens, Edwards. *Business Ethics*,《商业伦理学》, NY/Ramsey：Paulist 1979.

Servitje Sendra，Lorenzo. *Reflections of a Latin － American Entrepreneur about Enterprise*,《一位拉丁美洲企业家关于企业的反省》，Brussels：Uniapac，1991.

Sutton，Brend，ed. *Legitimate Corporation. Essential Readings in Business Ethics and Corporate Government*,《合法的集团。商业伦理和集体管理选读》，Oxford/ Cambridge，MA：Basil Blackwell，1993.

Treviso，Linda K.，and Nelson，Katherine. *Business Ethics*,《商业伦理学》，Rexdale，ON：John Wiley and Sons，1995.

Vallance，Elizabeth. *Business Ethics at Work*,《实践中的商业伦理学》，Cambridge（UK）：Cambridge University，1998，3rd printing.

Velasquez，Manuel G. *Business Ethics. Concepts and Cases*,《商业伦理学。概念和个案》，Englewood Cliffs，NJ：Prentice Hall，1988.

Weakland，R. G. *Faith and the Human Enterprise. A Post － Vatican Vision*,《信仰和人道的企业。梵二后的展望》，Maryknoll，NY：Orbis，1992.

Weiss，Joseph W. *Business Ethics. A Managerial Stakeholder Approach*,《商业伦理。从股东经理的角度来看》，Belmont，CA：Wadsworth，1993.

Werhahn，Peter. *The Entrepreneur. His Economic Function and Social Responsibility*,《企业家，其经济作用和社会责任》，Ordo Socialis No. 4，Trier：Paulinus，1990.

Williams，O.，and Houck，J. *A Virtuous Life in Business*,《商业中的德性生活》，Lanham，MD：Rowman ＆ Littlefield，1992.

发展伦理和救助穷困者的责任

Adeney, Miriam. *God's Foreign Policy. Practical Ways to Help the World's Poor*,《上帝的外交政策。帮助世界穷人的实际方式》, Grand Rapids: Eerdmans, 1984.

Agbasiere, Joseph Therese, and Zabajungu, Boniface K. , eds. *Church Contribution to Integral Development*,《教会对于全面发展的贡献》, Eldoret （Kenya）: AMECEA Gaba Publ. , 1989.

Bauer, Gerhard. *Towards a Theology of Development: An Annotated Bibliography*,《走向一种发展神学:一个注释书目》, Geneva: Committee on Society, Development and Peace (SODEPAX), 1970.

Berger, Peter. *Pyramids of Sacrifice*,《牺牲品的金字塔》, New York: Basic Books, 1974.

Block, Walter, and Shaw, Donald. *Theology, Third World Development and Economic Justice*,《神学,第三世界的发展和经济上的正义》, Vancouver: Fraser Institute, 1985.

Byrne, Tony. *Integral Development. Development of the Whole Person*,《全面的发展。全人的发展》, Ndola, Zambia: Mission Press, 1983.

Des Gasper. *The Ethics of Development. From Economism to Human Development*,《发展的伦理学。从经济主义到人的发展》, Edinburgh University Press, 2004.

Goulet, Denis. *The Cruel Choice: A New Concept in the Theory of Development*,《残酷的选择:发展理论中的新概念》, New York: Atheneum, 1978.

Lappe, Frances Moore, and Collins, Joseph. *World Hunger.*
Twelve Myths,《世界的饥饿。十二个神话》, NY: Grove, 1986.

Lewis, John P. *Strengthening the Poor: What have we learned?*
《帮助穷人:我们学到了什么?》Washington: Overseas Develop-
ment Council, 1988.

Lewis, John P., and Kallab, Valeriana, eds. *Development*
Strategies Reconsidered,《重新考虑种种发展理论》, Washing-
ton: Overseas Development Council, 1988.

Mcginnis, James B. *Bread and Justice: Toward a New Interna-*
tional Economic Order,《面包和公道:走向一个新的国际经济
秩序》, NY/ Ramsey: Paulist, 1979.

Mehmet, Ozay. *Economic Planning and Social Justice in Devel-*
oping Countries,《发展中国家中的经济计划和社会正义》,
NY: St. Martin's Press, 1978.

Mooneyham, W. Stanley. *What do you say to a Hungry*
World?《你对一个饥饿的世界说什么呢?》Waco, Texas:
World Books, 1975.

Nelson, Jack A. *Hunter for Justice: The Politics of Food and*
Faith,《追求正义:食品和信仰的政治》, Maryknoll: Orbis
Books, 1980.

Pontifical Council for Justice and Peace. *At the Service of the*
Human Community: An Ethical Approach to the International-
al Debt Question,《为人类服务:从伦理学的角度看国际债务问
题》, 1986. Enchiridion Vaticanum, vol. 10. Bologna: EDB,
1989, 770—797.

Pontifical Council for Justice and Peace. *World Development and*
Economic Institutions,《世界发展和经济机构》, Vatican
City, 1994.

Sauvant, Karl P. , and Lavipour, Farid G. , eds. *Controlling Multinational Corporations*,《控制跨国集团》, Boulder, Colorado：Westview, 1976.

Shaw, Timothy M. , and Heard, Kenneth A. , eds. , *The Politics of Africa. Dependence and Development*,《阿斐利加的政治。依赖性和发展》, Essex：Longman & Dalhousie Univ. Press, 1982.

Taylor, Michael. *Good for the Poor. Christian Ethics and World Development*,《对穷人的助益。基督宗教伦理学和世界的发展》, London：Mowbray, 1990.

Vallery, P. Bad Samaritans. *First World Ethics and Third World Debts*,《第一世界的伦理和第三世界的债》, London：Hodden & Stoughton, 1990.

Vaughan, N. B. Y. *The Expectation of the Poor：The Church and the Third World*,《穷人的期望：教会和第三世界》, London：SCM, 1972.

Ward, Barbara. *The Angry Seventies. The Second Development Decade：A Call to the Church*,《愤怒的 70 年代。发展的第二个十年：向教会的呼吁》, Rome：Pontifical Commission Justice and Peace, 1970.

企业家的经济作用和社会责任

目　　录

汉 译 本 序

　　无论是经济学的理论家、社会主义的思想家或基督宗教的神学家,似乎都在这 100 多年以来的历史中不够重视企业家的经济角色。人们没有正面理解到企业家的经济作用和影响。企业家要么被完全忽略,要么被视为"资本的操作者"或"剥削者"。然而,企业家在现代经济制度的作用非常重要。本书是一位德国企业家写的,他强调企业家的正面作用和不可缺少的贡献。魏尔汉(Peter H. Werhahn)博士生于 1913 年,而他曾经在家族企业任经理和总经理几十年,对种种经济现象有内行的理解和丰富的经验。同时,作者强调伦理原则,基本上站在欧洲传统的公教社会教导的立场,良好地结合了职业知识和理论的两个角度。

　　本著作回顾企业家在思想史上的地位,又分析市场经济的种种现象和问题。作者的论述深入浅出,用具体的例子来说明经济的伦理问题和企业家的责任,从一个超然的角度来评论竞争的压力、对自由市场的干预、环保问题、人事管理等。最后他还提出"企业文化"的概念,借此说明一个成功的企业不仅仅需要重视现代技术和利润的最大化,也必须注意到企业组织、员工的培训、管理方式和共同的价值观。他的结论是:"经济上的成功和伦理价值并不是互相排除的,但有互补的关系。"在今天的经济发展时期中,他的观点具有非常重要的参考价值。我们希望,汉语的译本能够让读者更全面地理解和关注经济的内在结构和任何经济行为所包含的伦理问题。

卓新平

2007 年 11 月于北京

序

　　这份研究论述企业家、他的经济作用、他在社会中的角色,以及他的伦理责任。它不首先针对企业家本身,而首先针对那些想理解企业家的角色、任务和责任的人。

　　原则上,一个人如果不了解某方面的工作,他也没有资格作这方面的判断。在独立职业方面更是如此,比如普通的人大概不太了解律师、医生、物理学家或哲学家的工作。至少可以说,人们在判断这些专业人士的能力时,会有所误差。

　　在企业家那里似乎不是这样。好像每一个人都感觉到,自己有判断企业家的资格,但恰恰企业家的工作非常复杂难懂。他在市场经济中的活动涉及到经济学、政治学、法律、技术、心理学和伦理学。他必须不断观察市场的信息来完善生产因素的调配,他虽然无法完全掌握一切信息,但仍然必须作出一些决定,所以都得接受某种风险。他必须在一种反馈体系中工作,而这个体系里的因素都彼此互动。无论他如何计划未来的事,他都必须考虑到许多因素的不确定性。从经济学的角度来说,他的工作是资源的重新分配(to allocate resources)。如果企业家误解市场的信息,他所作的决定也是错误的,那么他将会失去他的影响力。

因此,如果想谈论"企业家"的事,必须从许许多多方面进行分析,才能够消除一些成见并客观地评价这些问题。这就包括解释企业家公共形象在历史上的根源,也必须谈论市场经济和中央调控的计划经济。只有这样,我们才能够适当地理解和判断企业家在经济和社会上的重要活动。

当我写了这份研究时,在东欧发生了一些变化,这些变化可能会导致一种新的、自由的政治和经济秩序。这样,社会市场经济和企业家在其中的角色更成为热门话题,因为在这些国家中,似乎都缺少企业家,而人们也很少理解市场经济的规律。

第一章　领导经济的过程：论计划经济和市场经济

人们的行为并不都是有计划的行为（Human action is by no means always planned）；人们的行为经常受机会的制约，人们的行为有时候很混乱，而很多次只是一种模仿或不严肃的"玩耍"（imitative or playful）。然而，任何经济活动都必须有计划，必须是理性的，如果它将要成功的话。那些支持政府经济计划的人曾正当地强调这一点：在市场经济中的企业者也同样会根据一种计划而采取行动，也就是说，他们为自己的经济行动准备一些短期、中期和长远的目标和计划。作计划的需要来自资源和各种服务的稀缺性（the scarcity of goods and services）——因为人类所掌握的资源和能力都很稀缺，都很有限，所以需要作正当的计划。人们想通过这些很有限的力量和资源尽可能地满足自己的需要。作计划是什么？作计划就是考虑到另一些办法或策略，并且尽可能地组合不同的决定，从而获得某方面的优势。如果没有计划，也就不可能存在经济活动，虽然个别的人也许不一定都会意识到自己实际上作很多计划。在评估某一个经济制度方面，最关键的问题是：到底谁作计划？有的人说，一切计划应该由国家政府进行，这样就能够确保最佳结果。德国的经济学家华尔特·欧肯（Walter Eucken）曾提出了"中央管理的经济"这样的术语，在这种经济制度中，国家政府来引导经济的过程。支持这种经济制度的人，大多称自己为"社会主义者"。社会主义国家中那些中央计划的经济制度已经存在 70 年，但根据这 70 年的种种经验，我们不得不承认，这种方法在欧洲没有成功。

在另一方面，与中央管理的经济制度相对应的是市场经济，就是说，供应和需求的代表们通过竞争规定某个物品的市场价格，而这些市场价格会引导经济的过程（guiding the economic process through market prices emerging from competition between the representatives of supply and demand）。这就是所谓的"市场经济"。在市场经济中，许许多多的人参与计划，换言之，计划的工作分配给很多的个人。计划经济的特征是"强迫性"（compulsion），但市场经济的特征是"自由"（freedom）。在市场经济中，个别人的决定不受一个包罗万象的中央计划的控制，但受物价和各种费用的影响，因为物品和各种服务的价格会发出某些信号，所以影响人们的决定。在这样的制度中，企业家扮演一个非常重要的角色，因为他根据各种市场信息而决定投资和生产的方向。在一个正常的市场经济中，物品的市场价格会确保这一点：诸物品和各种服务都会找到最好的用户——无论是消费者或生产者，都是这样。因此，人们应该允许物品的价格自由地形成，这样物价才能够完成这种"引导作用"，而且价格的自由形成应该不仅仅适用于消费品，但也应该适用于那些半成品或原料。然而，市场经济的良好运作也需要国家提供一个良好的制度上的框架（a proper institutional *framework*）。在某种程度上，连一个市场经济也不能缺少公共体的监督，但这个监督应该受另一个原则的限制："符合诸市场规律的干涉（intervention in accordance with the market rules）"（芮普克［Röpke］之语）。有效的法律体系是非常关键的，而且也需要适当的竞争方面的法律,这样市场的制度才不会因一些反对市场的党派而受侵害。对市场体系的操作来讲,也许永远不会有完美公平的竞争条件,但这不是最重要的;重要的是竞争的存在和竞争的机会。这一切的基础是对于私人财产的承认(*recognition of private property* 私有制)以及"必须遵守条约"原则的普遍有效性和可执行性(the enforceability of the principle of 'pacta sunt servanda')①。这样就能够防备经济行动的自由不因任意行事或滥用权力而被消灭。另外,私人财产在伦理和道德上也为了个人的自由和尊严提供一个保障(ethical guarantee of man's freedom and dignity)。

---

① pacta sunt servanda 是古罗马法律中的著名格言,见 Digesta 2,14,7,7。——译者注

第二章　企业家在历史中的形象

　　对于经济过程和企业家在其中的角色的理解曾经在不同的历史时期呈现出很不同的表述，对于企业家的解释也因时而变。

　　在古代和在中世纪的很长一段时期中，商人和企业家的活动一般被视为"不高尚的"、"丑陋的"和"充满罪恶的"。① 这种思想的基础可以上溯到亚里士多德；他曾认为，哲学家那种"充满优闲和尊严"的生活方式（*otium cum dignitate*）远远超过商人的工作，因为商人缺少内心的平安；商人的活动被视为一种"缺少悠闲"，也就是一种"忙碌"的生活（*neg-otium*，or busy-ness）②。因此，亚氏曾愤怒地谴责当时代的"金钱思想"（拜金主义）以及"自然的社会秩序"的破坏。在第 4、5 世纪君士坦丁堡（Constantinople）的总主教圣金口若望（St. Chrysostomos）也曾相信，商人似乎不能过一个没有罪恶的生活。托马斯·阿奎那（Thomas Aquinas）也曾认

---

① 参见孔子和儒家对商人的评价："君谋义，小人谋利"等。——译者注
② 拉丁文的 *otium* 指"悠闲"、"平安"，而 *neg-otium* 指"工作"、"任务"（参见英文的 negotiate）；英文的 busy-ness 也就是 business（商务，业务）。——译者注

为,商人的职业受了不道德行为的污染(tainted with moral inferiority)。最终,在格拉提安(Gratian)在第 12 世纪所编写的重要著作——《教会法令集》——也记载说,一个商人很难会获得天主的欢喜(it is difficult for a merchant to please God)。

《旧约》以及基督关于富人的教导也都加重了对企业活动的批评,造成一种消极的形象,而整个历史———直到今天——都受这个负面形象的影响。在《申命纪》(Dtn 23:19—20)有一段禁止放利贷的经文,而这段经文经常被引用。① 在解释耶稣关于富人所说的话时,人们经常忘记了一点:在福音书中,"财富"指那些不结果实的、浪费的财物(sterile, wasteful riches),而不是现代意义上的"财富",因为现代意义上的财富是来自企业家对于公共利益所作的创造性的贡献(modern'wealth' which comes from the creative contribution to the common good made by entrepreneurial productivity)。《圣经》所谴责的那种不结果实的、奢侈的财富,在前资本主义的和封建主义的结构的社会里更多一些。

梅斯那(Johannes Messner)曾特别强调了一点,即:虽然圣托马斯(Thomas Aquinas)在道德上禁止了企业家的活动,但公教第 13 世纪的经济伦理学确实发现了企业家的重要影响,因为当时的思想家们就意识到了,为了达到公益的经济目标,企业家扮演一个非常重要的角色。13 世纪的商人企业正处于繁荣昌盛的发展之中,而在评价他们时代的商人企业时,13 世纪的公教思想家就用"公益"(the common good 公共利益)作为评估的尺度。根据这些说法,企业家的作用在于公益,而基于这些观点,企业家的利润不必带给他良心上的不安或道德上的羞愧感。13 世纪的社会伦理

① 参见《申命纪》23:19—20:"你不可将卖淫的酬金和卖狗的代价,带到上主你天主的殿内,还任何誓愿,因为这两样于上主你的天主都是可憎恶的。借给你兄弟银钱、食物,或任何能生利之物,你不可取利。"——译者注

学家们一方面坚持中世纪的货币理论,所以他们认为,钱本身不会结果实,但在另一方面他们说,企业家的利润并不违背对于"放高利贷"的禁令。对于放高利贷的禁止就这样鼓励企业精神了:借钱时不可以放利贷,这一点被禁止,但从企业活动来的资本利润就被允许(interest on loans was forbidden, but capital profit from entrepreneurial activity was permitted)。后来的经济史学家们(如松巴特[Werner Sombart])曾强调了这个区别的重大影响。然而,中世纪伦理学家们这一个重要的发现很快被忘记,而神学家及哲学家们对于企业家的根深蒂固的敌对心理又占上风了。虽然大多的神学家在理论上对于商人们都有一种反感,但在实际上,教会很早就为商人阶级提供了保护。比如,额我略七世(Gregory Ⅶ)曾利用"绝罚"的威胁来保护意大利的商人不受法国国王的攻击。不久后,商人的形象有所改善,商人也被认为是好的基督徒,教会也不拒绝商人,而支持他们。中世纪的教会对于商人的态度改变了,因为教会逐渐注意到商人的用处,特别是因为商人也是向东方的一条桥梁。总而言之,关于商人的理论和实践和以前的时期就大不同了。

　　许多神学家和哲学家对于企业家的敌意也许来自这样的事实:在前工业时期中,经济只是一种维持基本生活的经济(subsistence economies),而在这种经济制度中,家庭就是企业,但企业者的活动不太重要。然而,几百年前的人对于企业家的敌意也有一种社会-心理学的基础:在过去时期,大多的人们尊重农民的形象——农夫安然地拉犁耕种——这就被认为是人生的理想(the idealfulfilment of human existence)。农夫的生活基本上不受什么干扰,没有经过什么重大的改变,他的生活节奏一年一年都是一样的。农夫就被视为平安社会的象征。反过来,企业家被视为一个改革者——通过他的创造力,他愿意改变现状,而这种观察基本上也是对的。

熊彼特(Schumpeter)曾这样描述了资本主义的发展:在资本主义中,企业家是主要的驱动力,而他的影响等于是一种"创造性的破坏"(creative destruction)。难怪很多人曾认为,企业家的活动涉及到一些邪恶的、破坏性的力量。人们的基本感觉是这样的:他们都留恋现在的生活方式,而当任何一个改变威胁这个现状时,人们就会感到不舒服。因此,我们也能够理解这一点:辛苦劳动的农民的生活方式在很多古代文化中被视为人生的理想,但企业家被怀疑,他们似乎被视为一种"有魔力的"因素(an almost demoniac figure)。

甚至自由主义经济学的创始人也没有为创造性的企业家给予足够的空间。他们认为,企业家是多余的。虽然斯密(Adam Smith,1723—1790 年)的伟大发现是,他观察到经济应该被视为一种循环,但他也仍然跨不出 18 世纪机械论的界限,他认为经济的运作似乎是一种固定的自然法则。从此来了"无羁绊自由主义"(lassez-faire liberalism)的理论,也就是说一种"无形的手"将会确保一个预先规定的和谐状态。李嘉图(David Ricardo),"无羁绊自由主义"的第二个创始人,也同样认为企业家是多余的:在他看来,经济的过程似乎是一种自动的过程。这些思想家认为,企业家仅仅是一个提供资本的人(provider of capital),而后来的马克思称他为"资本家"(capitalist)。

斯密和李嘉图曾被崇尚,但这个事实意味着几代的学者都对企业家有了很消极的态度。只是在后来的时期,在 19 世纪末和 20 世纪初,经济理论家们才承认,企业家创造性角色的重要性,他的因素在经济增长方面是不可缺少的。马沙尔(Alfred Marshall,1842—1924 年)在传统的三个古典生产因素(土地、资本、劳力)上还加上了"组织"(organization)作为第四个重要因素。然而,当熊彼特的《经济发展理论》于 1912 年被出版后,人们才普遍地接受了这个新的观点,就是说,企业家的作用获得了积极的评价。根据熊氏的理论,企业家的特殊作用是,他要认出并实现诸生产因素的新配合(to recognise and practice new combinations of the factors of production)。熊氏的模式是一个具有创造力的企业家,他就是创新的推动力,而因此也成为经济增长的推动者。

不久后,布利夫(Goetz Briefs)讨论了企业家的另一个重要作用:他会协调价格和成本,不会在价格和成本之间拉开太大的距离(to keep prices and costs in check and in proportion to one another)。

为了完成这一个任务,各个企业都需要有一个有效的会计制度。在今天的社会中,企业家可以通过计算机更有效地管理自己的种种决定,能够更全面地完成布利夫(Briefs)所指出的任务。

非常有趣的是,斯密的理论就是马克思思想中的重要因素之一。对马克思来说,企业家仅仅是一个资本家,他将自己的资本投入于自己的企业中,然后他不给予工人们企业所得来的剩余价值。工人们单独创造了这个剩余价值,而如果企业家不给予工人们这些资本,他就"剥削"他们。奇怪的是,年轻的马克思寻求的是社会上的正义,他这种社会—伦理思想的另一个资源就是《圣经》对于财富的一些贬低或"财富就是有罪"(the biblical doctrine of the sinfulness of wealth)。① 在 19 和 20 世纪,当时的社会主义思潮曾认为,一种"用分配来克服贫穷"的政策比一个以增长为目标的政策更好,但这种思想的倾向似乎来自嫉妒的动机(the motive of envy)。无论如何,耐人寻味的是,马克思完全明白一点:如果他的那种乌托邦式的理想社会和乐园式的丰富生活要实现的话,唯一

---

① 《圣经》并不谴责任何财富,也不绝对地说,"财富就是罪",但《圣经》谴责贫富不均的现象,而上主似乎特别注意到穷人:"在《圣经》中,人们的富裕不被歧视,不被贬低,但是上主也是穷人的上主,他'不忘记穷苦人'(咏 10:12)。"见雷立柏《基督宗教知识辞典》,北京 2003 年,76 页(关于《圣经》对"穷人"的论述)。——译者注

的道路是先让那些可恶的企业家们积累一定的资本,这样使经济增长成为可能的。因此,企业家也从后门进入了马克思的教导——企业家是一个暂且要容忍的不受欢迎的人,但革命最终会取消他的存在。

第三章　市场经济的历史

在市场经济理论的开端有斯密（Adam Smith）和李嘉图（David Ricardo）所强调的市场价格的引导作用。这就是迈向市场经济理论的第一个步骤。然而，这些早期的创始人都认为，经济的运作只是一个完全机械性的过程，而一个"无形的手"会自动地指导这个过程。这就等于说，经济和人被分裂开来。在这样的制度和理论中，企业家的角色仅仅是这一点：他必须提供资本，但他绝对不能成为经济过程的推动力量。因此，在这样的经济制度中也不存在任何社会上的责任感，也不存在什么经济伦理，因为人就好像只是经济机器中的一个小螺丝钉，他没有创造力。顺理成章的结果是，一种纯粹的"无羁绊自由主义"（亦译"放任主义自由主义"）出现了；这个"放纵政策"在英国导致了所谓的曼彻斯特自由主义（Manchester Liberalism），而在美国的快速增长时期，这种过分发展的企业家们经常被称为"盗王"（robber-barons）。

与早期的自由主义者不同，今天的我们还会更好地理解竞争制度的某些缺点，比如一些不完善的市场，垄断和准垄断的情况（oligopolies and monopolies）。我们也知道另一点：市场体系的运作不像斯密等人所说的那样自动,最多是半自动的(semi-auto-matically at best),而市场体系也需要正当的管理。如果要实现社会平等和社会保障,我们就必须有一些稳定因素,必须规定一些这方面的法律。竞争制度需要社会政策(social policy)的辅助,而这种社会政策不仅仅从生产者和消费者的角色去看人们,但会意识到,每一个人是一个独立的人格。

有一点是真的:市场的原则在道德上是好的,因为它确保物品的最佳供应。不过,其前提是一种有效的竞争制度,因为只有这样能够确保企业家对于利润的追求会带来一些积极的社会效果。另外,需要某些前提条件,根据它们才可以进行社会上的调节(比如调节贫富不均的现象)。不过,我们也必须强调另一点:如果社会上的调节政策违背一些基本的经济规律——比如稀缺资源的规律或价格不能低于成本的规律——就不可能施行这种政策。

从古典的自由主义的市场经济制度导向社会市场经济(social market economy)的道路既漫长又很辛苦。

自从 19 世纪初以来,欧洲各国的工业化为众多工人带来了贫穷。在这个时期的工业劳动者都面对这样的艰辛条件:工作时间很长(多时候是一周七天从早到晚的工作),儿童劳动,工资低,病人没有保障,没有保险,也没有退休金或养老保险。

工业革命所带来的主要变化属于如下的两个领域:

1. 从一种封建主义的经济向自由经济的过渡
2. 技术方面的创新、发现和发明很多;自从瓦特(James Watt,1736—1819 年)发明了一个高效率的蒸汽机后,这些都大量提高了各种产品的制造。

虽然很多条件促进了经济的发展,工业革命的第一阶段带来了大众的贫穷和痛苦。这个事实应该怎么样解释呢? 封建主义制度的消失解放了乡下的人口——他们多半仍然生活在类似奴隶的条件下，而这就意味着，他们都能够结婚，建立自己的家庭。这些人现在都能够在自己的工作能力这块基础上建立自己的合法财产并自由生活，这样能够取消对于婚姻的限制。结果是人口史无前例的增长。在工业化的国家中，人口在一个世纪内就增加了三倍。比如，不列颠的人口在 1800 年是一千万，但在 1850 年就是两千万。医学和卫生条件的改进导致了人们寿命率不断提高。不过，经济和技术的发展虽然很快，仍然跟不上人口的爆炸。虽然众多新建的工厂也提供许多新的工作岗位，但人口的增加还是太快，因此也有很多寻找工作的人——劳力因此相当便宜，工人的收入很低。这就是大众在初期阶段的贫穷化的真正原因；表面上，工业化带来的贫穷是一种自相矛盾的现象，但从这些社会条件来看也能够理解它。

自由主义的制度确实促进了那种被称为"剥削"的现象：没有财产的工人的工资被压低了，使之不符合他们工作的真正成果的价值——虽然这个成果本身就不太大。这种剥削的差距——就是真实工资和可能的公平工资之间的差距———能够一步一步拉近，但这个过程归功于各种各样的工会的努力。

工人阶级的贫穷在工业化的初期阶段中导致了穷困工人的一些暴动。他们感到无奈并且破坏了一些机器，因为他们认为，这些机械是他们的敌人。在 19 世纪英国和德国的纺织业都曾经发生了这样的暴动和起义。

为了克服或至少缓和这些社会不义现象，一些政治的力量也走上了历史的舞台。在一些欧洲国家中，政府在限制工作时间方面通过了一些法案，特别宣布一些新的法律来控制儿童的劳动。卡尔·马克思和恩格斯于 1848 年在伦敦出版了《共产主义宣言》，而这也可以视为国际工人革命运动的诞生日。这个《宣言》的影响在 20 世纪还能够感觉到。其内容是建立"科学共产主义"的一些基本原则：一种唯物主义的历史观，阶级斗争的理论，而无产阶级的专政是政治上的目标。《宣言》以"世界工人，团结起来！"的口号结束。

这就是国际社会主义运动的开端。各种工会的兴起首先是在英国开始的。不过，不仅仅政治家们和工会员们反对了一种"无羁绊的资本主义"和这种资本主义的一些极端现象。在 19 世纪下半叶，在德国出现了所谓的学术性的社会主义，而在英国形成了一个费边社（Fabian Society）①。这两个群体对于它们国家中的知识分子也发挥了相当大的影响，而这种影响反对完全自由的市场经济，愿意建立社会主义。

另外，在各教会内也有一些人为工人的权利进行辩护，而基督徒企业家也曾注意到了工人的问题。早在卡尔·马克思之前，一些公教知识分子，比如格雷斯（Joseph Goerres，1776—1848 年）就批评了无羁绊资本主义所造成的社会问题。科尔平（Adolph Kolping，1813—1865 年）和凯特勒（Wilhelm Emmanuel von Ketteler，1811—1877 年）主教也主张一些社会和政治上的改革，以避免革命。这些人成了基督宗教社会关怀运动的先驱者。早在马克思之前，他们就成立了一些工人协会，而这些协会就是我们今天的公教工人协会的前身，如科尔平团体（Kolpingwerk），公教劳工运动以及公教企业家协会。从长期的影响来看，这些人的活动也通过德国的中央党（Center Party）获得政治效力。然后，教宗的教导也采纳这些人的思想。在教廷发表的第一个社会通谕《新事》（*Rerumnovarum*，1891 年）中，教宗良十三世（Leo ⅩⅢ）指出，国家政府必须有一种关心工人的政策，而工人们有权利去组织自己的

---

① 费边社，1883—1884 年成立于伦敦的社会主义团体，其宗旨是在英国建立民主的社会主义国家，不主张革命，以古罗马 Fabius Maximus Cunctator 而得名。——译者注

工会。教宗明确肯定和支持私有制和个人的财产,但他又强调,个人的财产也包含着一种社会责任。在这个通谕中,教宗揭露了早期资本主义的社会问题并且向企业家们发出呼吁,要以公道对待他们的工人,并要给予他们适当的工资。

在俾斯麦(Bismarck)的时期,德国政府通过了一些社会保险方面的法律(在 1883 年、1884 年和 1889 年),而根据这些法律,面对疾病、事故或老年时期的工人们就获得了一定的保护。

我们可以肯定的说,19 世纪欧洲的社会问题不是因革命,而是因社会和政治上的改革而获得解决,至少获得很大程度上的缓和。

这种社会和政治上的运动基本上反对斯密(Smith)的主要原则——斯密认为,经济是一种自动的机械,而在这个机器中没有伦理的空间,没有道德的位置,也就是说,在经济中不可能有一些为社会负责任的行动。甚至在今天,著名的经济学家弗里德曼(Milton Friedmann,1912—)——他现在在美国的胡佛协会(Hoover Institute),在斯坦福(Stanford)大学——认为,如果企业家们仅仅很自私地追求自己的利润,那也是保障公益的最好办法。他还说,经济是一种没有道德考虑的领域,经济有自己的物质原则,不需要有什么社会伦理的理想(a morally neutral sphere governed by its own laws in which socio-ethical aspirations have no place)。

只有在 20 世纪 30 年代,自由主义的经济理论获得了一些新的观点,大概是对于社会主义思想在国际范围的迅速扩展的一种反应。弗赖堡学派(Freiburg School)的华尔特·欧肯(Walter Eucken)和弗兰茨·彭(Franz Boehm)首次提出一些重要的新观点。他们意识到,如果市场要符合一些基本的社会性原则,那么市场本身并不能当一种指导性的体系,但它也需要一种更大的框架,需要一些外在于市场的条件。

在第二次世界大战后,弗赖堡学派的思想在联邦德国(西德)

进一步发展："社会市场经济"(the social market economy)的概念出现了。联邦国德第一位经济部部长艾哈德(Ludwig Erhard)是这个概念在政治上的传播者,而在学术领域中,勒普克(Wilhelm Roepke)和米勒－阿马克(Alfred Mueller-Armack)提供一种知识性的基础。后者首次创造了"社会市场经济"的观念,而他的朋友们都拥戴了这种"秩序与自由"(ordo-liberal)的思想。这些人的信念是这样的:从长期的角度来看,市场的规律如果没有一种广泛的伦理共识作为支柱,就不能发挥效力。

米勒－阿马克(Mueller-Armack)指出,一个社会市场经济是一种由市场原则所引导的经济,但它另外还有一些保险设施和协助性的规则。这样的社会市场经济并不是很自然的产物,但它是一个被培养的、人们逐渐形成的、而且很脆弱的东西。

在第二次大战后,西德经过一个很严重的穷困时期。任何物品都很紧张,许多东西买不到。大多的生产设备和工厂都遭破坏或在战争中受了严重的损失。战争时期的经济制度是专治的和统制主义的,而战争时期的金融政策是膨胀性的,所以后来的结果是一种难以控制的通货膨胀和没有效力的经济。那个时候很多人说,需要继续作更多统制性的决定,比如要控制某些物品的价格,要限定人们的食品(粮票),要作生产计划。

然而,艾哈德(Ludwig Erhard,经济部部长)很勇敢地信任一种自由经济的创造力,而他就作出适当的决定。这样,他接受了弗里堡(Freiburg)学派的建议和分析:战争后的穷困,主要原因不是物质上的破坏,而是"生产制度的组织有问题"。

战胜国于 1948 年 6 月 21 日在西德进行了一次彻底强制性的金融改革,而艾哈德(Erhard)取消了对食品的限制和对价格的控制。这样,就产生了一种价格上的差异,而无数的企业者(大的和小的"企业者")能够创造性地利用这个情况——这种经济上的进取心在此之前受了阻碍,仅仅在黑市上有了一点点发泄的机会。

结果是所谓的德国经济奇迹,就是每年的增长率还达到了 8%,而货币的价值非常稳定。这种成功的前提是,在西德一直存在着一些基本的经济结构(比如对于生产工具的私有制),而且在德国也有了一些能干的企业家。

根据米勒一阿马克(Mueller-Armack)的分析,社会市场经济有三方面的原则:

1. 经济政策需要有对于社会的一种全面的共识作为基础,否则它就没有意义。

2. 干涉主义(interventionism)想达成某些经济政策的目标,但它没有系统,它混淆不同的观念,所以不应该采取它。

3. 经济政策必须来自一个单一的社会一经济概念(Ordnungsidee),要么是一种市场经济的概念,要么是一种被管理的(计划)经济的概念;没有第三个选择。

上面所描述的,从市场经济到社会市场经济的发展也表明,企业者在过去经常要适应一些新的、不断变化的条件。这样,他们更难认出自己的地位,也使企业家们误解自己的角色。条件变化的最近例子是环保问题的出现,而我们能够很清楚地看出,一种社会市场经济制度比其他的经济制度都更合适地能够面对环保的挑战。

第四章 企业家在市场经济中的角色

关于企业家的角色这个问题已经有很多著作和研究成果,但也有很多自相矛盾或难解的观点与答案。而一般的"老百姓"关于企业家也没有一个很清楚的概念。其中的原因是这样的:企业家的主要作用是作出决定并去实现这些决定。但是,这种工作是一个无形的、抽象的行动,而外面的人无法看到它。因此,大多的人还是依靠一些具体的事实,他们认为,企业家只是资金的提供者,他就是"资本家",而他用自己的资金去建立和维持一家企业。

这个观点是错误的。我们只要想想,一个企业家也完全可以用借来的钱——就是说,别人储存的资金——来建立和管理一家企业。对于企业家的角色来说,最关键的不是他是否拥有一些钱——要么是他自己的,要么是别人的——但最关键的是他用这些资金干一些什么。因此,用"资本家"的观点来解释企业家的角色肯定是不对的。

另一些人曾要从"提供工作机会"的作用去分析和理解企业家。这样,他简单地被定义为"雇主"(employer)。然而,这也不恰当地描述他的特殊角色,因为医生、律师、科学家等也都会雇佣一些人,所以他们也是"雇主"。

关于企业家的角色最有名的和最恰当的定义是由熊彼特提供的:他认为,"创造性的企业家"(the creative entrepreneur)要不断地重新组合生产的种种因素,这样他使得经济增长成为可能。不过,这个定义也不包罗万象,因为不一定所有的企业家都是创造性的。不过,我们应该肯定这一点:许许多多小的发明和创新——这包括技术上的、组织上的或商业上的(比如推销的方法!)创新——实际上为经济的增长有贡献。

当然,那些引人注目的创新特别重要,因为它们一次又一次为经济的迅速发展提供冲破的力量——许多次也是很冒险的创新。一百年以前,人们开始用电和化学,而在近一些的年代,我们看到了我们的体系从一个机械化到电机,再到电子体系的发展过程,而且这些机器越来越小;伴随这个过程是软件的发展。更具体的说,我们可以回忆看到,20 世纪 40 年代的重要因素是塑料,20 世纪50 年代是晶体管和半导体,60 年代有了第一代计算机,而从 70 年代以来微处理器(microprocessor)的领域有了很迅速的发展。80年代要开始利用遗传学,使这个学科为经济服务,而这在食品工业方面将会带来很大的变化。

这些基本的创新——通过它们可以让技术发明在经济生产方面发挥效力——非常重要,但企业家的活动还可能包括另一些项目。另外,重大的创新经常需要很多资金,也要求人们接受很大的风险。最早的创新者在很多情况当中都会发现自己面临很大的经济危机。美国有一句话:"当先驱者不合算"(Pioneering does not pay)。

一位企业家必须接受冒险和挑战。不仅仅在理论上是如此,在痛苦的实践中也是这样的:破产方面的统计数字就能够表明这一点。在 1986 年和 1987 年,西德有这样多的破产案:

1986 **年**:13456 **件**。　　1987 **年**:12058 **件**。

在这些数据中,无论是 1986 年或 1987 年,零售商占 15％,而比较新的企业——只存在 8 年或更短的时间的企业——占其中的 75％。

上面所给予的关于企业家的角色的种种定义也许不很全面,但都是积极的,并与那些消极的定义都形成明显的对比:消极的观点不断攻击企业家,说他仅仅是一个寄生虫,他利用自己的地位去为自己的好处夺取一些不应该拿到的利润。在这种看法中,整个经济过程被视为一种"得失所系"(zero-sum-game,又译零和游戏),而在这样的制度中,一个人所获得的,同时也是别人的损失。根据消极的解释,企业家拥有一种特权的位置。但是这种消极的观点完全忽略经济的增长,而企业家就是经济增长的推动力量。

企业家的角色到底是什么呢? 这里没有一个简单的答案。这也取决于他的环境,取决于他周围的社会—政治价值体系。当然,他也必须在良心上为自己的行动负责任,同时他也受社会价值体系的影响,甚至依赖于它。虽然如此,在任何自由社会中的企业家都必须注意如下的一些基本原则。

市场经济基本上依靠个别企业的利润原则,而这个利润原则也是企业家行动的核心原则。布利夫(Goetz Briefs)曾说过,企业家的任务是调整成本和价格,但这就意味着他强调了"有利性"(profitability)的原则。这样,企业家必须——相当自私地——追求自己的利润。用正当的途径所获得的利益——这就是企业家活动的标准。如果将利润妖魔化,将利润视为邪恶的——这是一些人的普遍作法——那就是不能够理解利润为公益的重要作用。唯独利润使企业家确保自己企业的继续,唯独利润使他去接受新的风险,这样又创造增长。美国的著名工会领袖龚帕斯(Samuel Gompers,1850—1924 年)曾有一次说过:"一个企业家能犯下的最大的罪就是不去追求利润。"

在美国的人对于利润的态度比较自然,但在欧洲的人们因为普遍地受了马克思主义思想的影响,所以他们基于这种意识形态对利润就有一点反感。实际上,企业家所获得的利润也被夸大。全面性的统计和研究表明,国民总收入中大约 15% 归于资本利息和利润,但工资就占 85%。我们也应该注意到,人们所称的"利润"基本上是由三方面组合的:第一,投资的普通利息,第二,工资——企业家为他的工作应该获得的工资,第三,多余的资金,也就是企业的真正利润。这个剩余的资金有时候多有时候少,但它代表一个成功的企业活动的真正报酬。

人们如此多地批评利润并说利润是不道德的,这是为什么呢?一方面,他们可能不了解利润的经济作用,但在另一方面,嫉妒的因素肯定也很重要。赫尔姆特·徐克(Helmut Schoeck)曾写了一本关于"嫉妒"的研究并认为,一切平等主义的经济理论的根源都是人们对别人的嫉妒。所谓的福利经济的指导原则是这样的目标:最大多数人的最可能低的嫉妒(It is a guiding principle of the so-called welfare economy to aim at the lowest level of envy for the largest possible number of people)。不过,这就违背着人的本性,因为人们始终,而且在任何条件下,都会找出嫉妒的理由。

有人曾说,企业家最重要的动机是扩大自己的利润。然而,真理不是这样的。当然,没有利润是无法维持企业运营的。不过,利润并不是企业家最终的,也不是唯一的推动力。推动他工作的因素是这样的价值:创造性的乐趣、家庭的精神(视企业为一个大家庭),他渴望在市场占有强大的地位并且渴望享受社会名誉。虽然企业家们都追求利润,但他们首先要确保和维持企业,他们并不是"唯利是图"的。如果要保持自己的企业,就得有长期的计划,而有时候也必须放弃短期的利益。大家都知道,如果短期的利润非常大,这就会吸引别的竞争者,所以长期的利润就没有那么大。在美国的公司都有习惯于每三个月为股董交出利息,但这种作法就带来了一种以短期利益为主的思想,对于整体经济也带来了一些损失。

一位明智的企业家不会仅仅注意到短期的好处,他尽量会"改善整个情况"('maximisation of a total situation'),而在整个情况中,利润仅仅是一个因素。

无可否认的,有的人获得一些不正义的利润。如果企业家们想回避竞争的规则,就会出现这种情况。为了防备这些不正义的现象,国家政府必须提供有效的法律来反对垄断和卡特尔(同行联盟)。如果政府采取一些干预主义的措施,也会导致不正义的利益,比如政府通过一些特殊的允许减少竞争的可能性,或政府给出一些限额和标准,而一部分的企业因此有了垄断式的优势。在工业化的世界中,这些情况不多,但在很多发展中的国家里,往往都会出现这类的问题。

为了获得成就,一位企业家需要有创造性的想象力,实际的计划能力,组织能力和许多精力。他也许会很自私地、不顾一切地利用自己的才智,但他也能够以一种为社会负责任的方式去用他的天赋。

虽然一个企业家可能是很自私的、不顾及别人,但他因自己的成功也会为经济有所贡献,所以他也为社会的物质利益有所奉献。那些不折不扣的典型的自由主义者(比如弗里德曼[Friedman]①)甚至会说,利润也不能投入于社会或慈善工作。这些自由主义者会说,一个企业家的唯一的社会责任就是这个:通过各种资源的正当使用增加利润。不过,这样的理论就更使人们对企业家有一个不正确的理解:他们认为,企业家就是一个很自私的老板,他只想

---

① Milton Friedman,1912 年生,美国自由放任主义经济学家,1976 年获得诺贝尔经济学奖。著有《资本主义与自由》(1962 年),主张废除集中管理的、官僚主义的社会福利。——译者注

损人利己,他剥削雇员和消费者,仅仅为自己谋利。

弗里德曼和那些有类似思想的人不理解这一点:经济虽然是一个理性的、拥有自己规律的体系,但经济仍然属于一个更广大的文化母体。因此,企业家们的行动应该是这样的:他们的活动应该瞄向经济的目标,而根据松巴特(Werner Sombart)的观点,这个目标就是"确保福利的文化作用"(the cultural function of ensuring welfare)。因此,人们必须认真对待经济活动的人性层面,这样大家才获得利益。坚持这个观点就意味着否定那个"彻头彻尾的企业家"——他完全投入于自己的企业之中,他的思想范畴都是经济上的成功,他为自己的妻子、孩子没有留下多少时间,他也无法欣赏美术、宗教,想不到上主和自己的灵魂。然而,一个企业是一个社会中的组织,而企业家的任务也是照顾他的雇员们,使企业成为他们生活的一个部分。这一点比较难,因为技术上的要求导致一种"客体化"(technical objectivation),而企业的组织中也会有某种异化(alienation)。几年前提出的口号是"企业中的人"('Man in Enterprise'),而这个口号也表明,现代的企业家们都认同这方面的努力。另外,一些社会学研究也表明,那些支持权威主义的管理方式的企业家们只是少数派。

那些被领导的雇员们也应该参与上面作决定的过程——这一点是人们都渴望的,而且在许多情况下也是必须的。这种良好合作(good teamwork)的前提是,一切在某一个企业工作的人都获得有关的信息,他们都应该获得良好的培训,他们也应该提供自己的看法。虽然有这种合作,但企业家仍然要单独为企业的管理负责任——这两者之间并没有矛盾。企业的管理基本上就是企业家的任务。但他需要有一个很清楚的计划给予他的同工(他的雇员)一些刺激。

不算那些"企业家就是所有者"的情况,我们还有无数的仅仅管理别人的企业的企业家。今天他们被称为"经理"(managers)。

他们的作用就是原来意义上的企业家。我们前面就已经说过,企业家的角色不一定意味着他拥有这家企业。企业家的作用与所有权似乎没有太密切的关系。在很大的公司中,这就意味着企业家(经理)的作用和股东们的作用被严格地分开了。然而,那些经理们(我们可以称他们为"被委任的企业家")和那些所有者式的企业家之间有了一个重要的差别:经理们不在乎谁是企业的主人,也就是说,这个企业的主人也可能是国家。如果国家在一个自由市场经济体系中管理"它的"(即国家的)企业,这一点并不重要。但是,在国营企业方面始终存在着一个危险:国家要给予"自己的"企业一些特殊的条件或利用它们进行某些干预主义的措施。那些国营企业雇的企业家们很少会反对这些干预主义的干涉,因为如果他们反对,他们就会违背自己的利益。因此,那些被委任的企业家们比较不能确保一个自由市场经济体系的维持,但所有者式的企业家就会确保自由的竞争。因此,国营企业的私有化应该受支持。

国家政府在经济过程中的角色在于另一个领域:当市场失灵时①,当经济因公益需要调整时,国家政府应该干预,但国家干预的措施应该符合市场,如罗普克(Roepke)所说的。特别在保护病者、社会上的弱小者、儿童和老人方面是如此的。这也就是社会市场经济的特征。但如果可能的话,国家政府应该帮助人们自立(help people to help themselves),这才符合辅助性原则(principle of subsidiarity),而且这样也能够避免那种"不折不扣的福利国义"(the total welfare state),因为这种福利国家违背市场经济的原则,它使市场陷入瘫痪状态,这样也会损害公益。救济不成功的企业家和他们的企业——这并不是国家的任务。国家并不是那些效率低下的企业的修理店(The state is not a repairshop for lame-

---

① 比如,"市场失灵"的情况是垄断现象、泡沫经济投机行为、信息不对称等等。——译者注

duck enterprises)。

　　企业家的许多任务，包括他的社会责任，需要有才能，必须有管理企业的能力，包括有能力不断地作一些小的和大的决定，而这些决定多数是以知识不足为背景的。企业家的古典定义是，他要以创新的方式组合各种生产因素并且要控制企业，但除此之外他还要管理雇员。虽然这个任务早就存在了，但人们最近才注意到它、承认它。其前提是，企业家是一位好的沟通者，并且能够给他的同工们一些刺激和工作的动力（to motivate those who work with him）。他要为公益负责任，而这就意味着，他必须接受社会阶层的合作（social partnership），也必须承认独立的工会——这些工会虽然是很麻烦的，但在谈判中，它们是一个不可或缺的对手（not only a troublesome but a *necessary* negotiating partner）。

　　所有权或财富并不为企业家提供什么定义，但一个人是否可称为良好的企业家取决于他有没有企业家的能力和领导的才干。

第五章　企业家在公教社会教导里的角色

　　公教（天主教）所发展的社会教导不是一种经济理论，但它是"基督宗教关于人的教导的不可分隔的部分"，正如教宗若望二十三世（John XXⅢ）在其《慈母与导师》（*Mater et Magistra*，1961年）通谕所说的。这种教导的目标是提出一些一般性的价值和模式作为一种指南，使人们负责任地在人间进行服务。因此，它就要从某些标准来看现实的社会条件。公教的社会教导不仅仅注意到个别人在某一种社会或经济制度中的行为，也要注意到这种制度本身的最好形式或最佳改变。为此，公教提出了一些社会原则——这些仍然不能构成一个具体的社会制度或经济制度，但为具体制度的建立提供一些宝贵的基础。

　　从一开始，社会上的问题和贫富不均的困难在公教的社会教导中占有最主要的位置，正如第一个社会通谕《新事》（*Rerum Novarum*，1891年）所表示的那样。然而，人们也很快就明白了，如果要评价这些问题，不能不涉及到内在于经济制度的问题。

　　因此，公教的社会教导从一开始对于集体主义－社会主义的制度（就是中央管理的，有计划的经济）和对于自由主义－个人主义的制度(即市场经济)提出了分析和批评。

不久以前,何夫奈尔(Cardinal Joseph Hoeffner)枢机——他于 1987 年去世并曾经是著名经济学家欧肯(Walter Eucken)的学生——指出公教的社会教导曾深入地注意到经济的各种问题,特别是那些全球性的经济问题。枢机本人很早就开始注意到经济伦理的问题,因为这些问题是一般的社会伦理的重要部分。

新的因素不是提出社会问题的经济根源——这一点早就指出过——但新的方式是对于经济问题的更深和更直接讨论。实际上,这种新方式的开端是 1931 年《四十年》(*Quadragesimo Anno*)通谕,而《慈母与导师》也继续这种传统。另外,梵蒂冈第二次大公会议的《教会在现代社会中的牧职宪章》(*Gaudium et Spes*,1965年),《人的工作》(*Laborem Exercens*,1981 年),特别是《社会事务关怀》(*Sollicitudo Rei Socialis*,1987 年)都继承了这个传统。近几年以来,这种趋势更明显,而教会内的许多个人或团体都发表了一些非官方的文献来讨论经济伦理的问题。其中一个非常重要的例子是美国公教会主教团的牧函《众人的经济正义》("*Economic Justice for All*",1986 年)。教会愿意面对现实,但这就意味着教会需要参照各种社会科学,而这些学科(社会学、心理学、政治学、经济学)都提供一些非常不同的解释。

公教的教导认为,以下几点是社会秩序的最基本原则:

1. 人格的原则(personality,位格原则),就是说,个人的*尊严*——个人应该有自由和要为自己负责任,才能够表达出这种尊严(这就包括承认私有制,承认私有财产)。

2. 团结的原则(solidarity),就是说,社会和社会的成员彼此之间有许多联系,他们也要彼此负责任。

3. 辅助性原则(subsidiarity),就是说,在个人和社会关系中,个人(或比较小的团体)优先于比较大的团体(the indi-

vidual [or the subordinate group] has priority over the superior group)。

4. 国家的任务是确保公益(the Common Good)，也就是说，要保护公道和个人之间的公平。

团结原则、辅助性原则和公益的原则都是从人格的原则发展出来的，而人格的思想基础就是基督宗教的人生观。

教会认为，自己的任务和权利包括"在有关政治的事务方面也要提出道德上的判断，如果人们的基本权利或灵魂的救恩要求时。"(见 GS《牧职宪章》76)。[1]

梵蒂冈第二次大公会议的《教会在现代世界的牧职宪章》(*Gaudium et Spes*, GS)对公教的社会教导特别重要。在关于社会和经济生活的部分，这个文献明确承认，人的生活和福祉需要有一些物质条件。第一个部分讨论"经济的进步"(64、65、66)。64 条这样说："我们必须鼓励技术上的进步和企业精神，我们必须培养对于进步和改进的渴望，并且必须促进诸生产方式的适应。"

在第 64 条，大公会议的文献也提到"经济原有的诸方法和规律"。因此，不能为了任何一种离奇的要求就向经济发出呼吁。人们应该用经济本有的规则和规律，但也使之"诸技术和方法符合道德秩序"(GS 64)。不过，大公会议也指出，经济活动的真正意义是要为人类服务。在一种市场经济体系中，这个要求就被实现，因为自由市场制度的基础是人们的自愿契约(based upon voluntary

---

[1] 英文："The Church should have true freedom to preach the faith… and to pass moral judgmens even in matters relating to politics, whenever the fundamental rights of man or the salvation of souls requires it."比如，当德国纳粹党反对犹太传统和犹太人时，教会公开肯定了《旧约》和犹太人的重要性，这就算教会"提出道德上的判断"。——译者注

contracts）。因此，一个企业家必须为他的客户们服务，否则他就不能成功。

在第 65 条中，大公会议明确地反对任何"将集体的生产组织放在个人和团体的基本权利之上"的教导。大公会议也说，"尽快结束世界中经济上的巨大不平等现象"这是实现正义和公平的基本要求（GS 66）。这显然指向发展中国家的问题。

我们这里特别关注的是公教，从第一个重要的通谕（《新事》，1891 年）以来，对于企业家们的看法，因为企业家在一种以增长为目标的社会市场经济制度中是非常关键的。

首先要说，在《社会事务关怀》（*Sollicitudo Rei Socialis*）之前，企业家在公教的社会教导中没有被明文提到。各个文献不提"企业家"，只谈论"雇主"。好像传统的自由主义派对于教会的反对立场也在教会内引起一种反对企业家们的态度。我们也应记住，教会很关心大众，特别是工人，所以在社会主义的传播时期，教会也特别重视工人的问题，并且优先替工人说话。这一点在《新事》、《四十年》和《慈母与导师》几个通谕中很明显。

直到《社会事务关怀》，教会的通谕似乎都没有提到企业家的作用，特别在大公会议的《教会在现代世界的牧职宪章》（*Gaudium et Spes*）是这样。后来，《人的工作》（*Laborem exercens*）通谕迈出重大的一步，因为它突破了"工作就等于依赖性的劳动"这种幻想。另一方面，自从教宗良十三世（Leo XIII）①以来，公教的社会教导也始终是以企业家的存在为前提的，虽然它没有提到他，但教会的教导也考虑了企业家的影响。下面的说法能够证明这一点：教会一再地强调私有制的重要性，在经济领域中，公教优先肯定私人企业，将国营企业放在第二位置，而且也强调，个人的责任感就是一种企业经济的前提（confirmation of private responsibility as a

---

① 良十三世教宗是《新事》通谕的发表者。——译者注

pre-condition for an entrepreneurial economy)。

教宗保禄六世(Paul Ⅵ)于 1964 年向一些公教企业家说过，企业家的作用非常重要，但在那个时期，这样的说法仍然是很稀罕的。原来，公教的社会教导的初期发展没有考虑到企业家，而在某种意义上有了一种反对企业家的倾向。比如，当《慈母与导师》通谕于 1961 年正式被公布时，教廷邀请一些公教工人的代表来作客，但并没有邀请公教企业家的代表去。具有自己的规律的经济学和其中的企业家很少能够在公教会或在神学圈子——甚至在"有学问的公教信徒中"——争取一席之地，而如果一些公教的人物注意到企业家们，那大多是以一种消极的、教训他们的方式。甚至在今天的公教社会思想中，还仍然有相当多人仅仅以"资本家"和"雇主"来看待企业家——这一点我们只能说是一种意识形态的"近视"(ideological myopia)。然而，教会又在另一方面认为，经济的领域并不可以和灵性的及文化的领域分裂，经济生活在人生中特别表现创造精神和责任感。教会认为，经济属于文化的范围(见《诸民族的发展》PP 21，《社会事务关怀》SRS 26,8；29,8；30,1；33,5；34,1—3；34,5；《牧职宪章》GS 19,57)。

因为公教的社会教导优先注意到经济问题的社会层次，所以它倾向于更重视分配的问题，超过对于增长问题的注意，但企业家恰好在经济增长方面扮演重要的角色。美国主教团于 1986 年发表的牧函谈论经济和正义的问题，但主教们也怀着同样的态度，所以他们宁愿有一种干预主义的福利国家，而不要一种强调增长的市场经济(prefer a dirigist welfare state to a growth-encouraging market economy)。基本上，这是因为他们更重视团结的原则，超过了辅助性原则(the principle of solidarity had been placed above that of subsidiarity)。实际上，很多神学家和地位很高的圣职人员倾向于拒绝市场经济的制度——这个市场经济包括个别企业家的进取心，包括生产工具的私有制，也包括自由的市场和竞争。

如果我们回忆经济学本身也很晚才比较全面地理解了企业家的重要角色，那么公教会的教导比较晚才重视企业家的作用也是不足奇怪的。公教会的社会教导有另一方面的贡献：它很早就肯定了经济的文化作用。在这方面，教会的根据是《圣经》的话语：人被命令要成为大地的主。然而，在《圣经》中还有另一些章节，它们也同样积极地肯定一种以增长为重心的思想，因此也肯定企业家的活动。比如，在《新约》中有这样的故事：一个人想离开他的家，所以他召集他的仆人们并命令他们管理他的家物。其中一个仆人有了五千银两，使之增加到一万，另一个有两千银两，使之增加到四千，但第三个仆人仅仅收到了一千银两，他没有增加主人的钱，仅仅将它埋在地里。当主人回来时，他就赞扬前两个仆人，因为他们增加了他的财产，但他称第三个为一个"邪恶的、懒惰的仆人"（见《玛窦福音》Mt 25：14—30）。这个比喻表明，可靠的管理是不够的（trustworthy administration is not enough），主人所期待的是一种创造性的行动（creative action is expected）。在经济的生活中，这就意味着，企业家必须确保增长，这就是他的任务之一。

让我们回顾一下前面所说的话：经济本身不是目的，但它要为公益而服务。公益就是所有的政治、社会和经济条件，而人应该能够在其中发挥自己。

有的教会文献，比如《慈母与导师》也指出，私有制和个人进取心的重要性建立在团结的原则之上，但奇怪的是，这些文献没有明确地提到企业带来的利润，没有肯定利润为一种企业经济制度的重要因素。没错，1931 年的《四十年》通谕要求人们将利润投入于企业，这样能够对付失业的问题——这就包括利润的合理性。然而，《诸民族的发展》（*Populorum Progressio*）通谕虽然说每一个国家需要生产更多和更好的产品，它也没有提到企业家的努力，但企业家的努力就是"更多和更好的产品"的前提条件,如果没有企业家的努力,也不会有这些产品。就梵蒂冈第二次大公会议的《牧职宪章》(*Gaudium et Spes*)而言,情况也是类似的(见 GS 64)。而且,当教宗保禄六世(Paul Ⅵ)在一个讲演中赞扬了企业家们的效率和成绩时,他的重点也是他们作为雇主的角色:社会的角度优先于经济的观点。

公教的社会教导始终都肯定了这一点:在社会上工作的人们都应该以本人的权利进行工作,他们每一个人是一个个体的人格,而没有人可以被降低为一种纯粹的"对象"(nobody should ever be degraded to the status of a mere object)。这种观点来自"人格的原则"(the principle of personality),而公教的社会教导就建立在这个原则之上。这种人格原则和个人的自由也包括企业家的积极行动的权利(the right to entrepreneurial initiative),但《社会事务关怀》的通谕才第一次提到这项权利。然后,这个文献强调,这种权利不仅仅对个人,也对社会和公益很重要。因此,公教的社会教导第一次清楚地指出,经济增长的推动力是企业精神和资本的形成。这个观点非常重要,特别是对那些发展中的国家。

《教会在现代世界的牧职宪章》(*Gaudium et Spes*)还是对于资本的积累不够重视,但后来的《社会事务关怀》(*Sollicitudo Rei Socialis*)好像弥补了这一缺点。近来的公教社会教导表明,人们现在更注重经济本有的种种规则。不久以前,拉辛格(Ratzinger)枢机说,"如果伦理学认为,不必理解经济的规则,那就不是伦理学,而是一种封闭的道德说教,这却是一个与道德相反的东西。但如果客观性(科学研究)认为,自己不必考虑到伦理学,那就不是全面地理解人的生活,所以这就不再是'客观性'。"《四十年》(*Quadragesimo Anno*)第 43 条也指出,经济的种种规则表明,哪些目标是可以达到的,哪些目标是不能实现的。梵蒂冈第二次大公会议也承认了经济原则的存在。

企业家在公教的社会教导中的角色经过一些变化。根据这些教导，企业家应该要从"为公益负责任"的角度来看自己的位置，而这也包括对于他的员工和同工要负责任。一位基督徒企业家既不代表太过分的、自私的、反对国家的任何干涉的个人主义，也不代表集体主义的福利国家。他的责任也是照顾那些委托给他管理的人。然而，如果忽略经济效率，就不能实现一种企业经济的种种人性目标（the essential human aims of an entrepreneurial economy）。不过，人文精神和经济效率并不是互相排除的，而从长期的视角来看是彼此互补的。这就是公教社会教导的信息，而现代的企业家们也会接受它并会承认这一点：人比资金更重要。

从教会本身的社会教导也可以得出这样的结论：社会主义和集体主义的经理不能代替企业家（the entrepreneur cannot be substituted by the socialist manager）。从公益来看，市场经济比集体主义的经济更优秀，而市场经济的原则就要求企业家的活动。然而，这也不是一种"以企业家为核心"的经济，不是一种企业家能够控制和主宰的经济体系，因为他也属于一个更大的体系：竞争和开放市场的体系。

第六章　企业家的形象:远观,
近观和自我审视

在今天看来,似乎所有的工业国家都作了一些关于企业家的形象的社会学研究。一般来说,这个形象并不是很好。正如上面所解释的那样,企业家的工作不是明显可见的,而且他的贡献也经常不被人们理解。另外,左派的宣传选择了企业家作为他们的社会批评的主要对象和靶子。由于这一切原因,人们似乎只知道企业家的一种被扭曲的形象:他是一个剥削者、唯利是图的、操纵市场的人。因为企业家根据客观的和经济的理由也经常必须拒绝人们的要求,所以他更不是一个受欢迎的人物。

从社会学的分析来看,企业家的形象包含一些什么呢? 这些研究表明,最好不要笼统地谈论"企业家的形象",但可将它分为不同层面来谈。比如,舒莫尔德斯(Schmoelders)的"距离假设"是大家都接受的:他认为,企业家那种"远距离的形象"和"近距离的形象"之间有很大的差别。用舒莫尔德斯自己的话,情况是这样的:"这种远距离的形象符合着一种大众化的心理学模式,而人们多半都接受这种模式,但近距离的形象代表一个人与某一个具体的企业家的个人经验。"根据这种"距离假设"来看,远距离的形象比较消极,而近距离的形象是比较辨别性的,比较积极的:这些研究成果似乎是学者们普遍承认的。

一些在西德进行的研究也能够证明,在企业的大小和企业家的形象之间有密切的关系。那些针对比较大的公司进行的统计和调查显示,大型企业中的企业家的形象比较不好。这一点大概又是因为在大型企业中,员工和企业者之间的距离比较大。比如,在一家大型企业中,员工认为,最大的老板就是企业家,但他很少会见到他,而在中小企业中,员工和企业家之间的关系可能比较亲密,比较有人情。因此,很多大型企业开始要改进上层和下层之间的关系,它们进行了一种分散政策(decentralisation)或强化企业内的沟通。另外,现在的人们也都知道,在那些关于提高利率和降低成本的考虑中也应该照顾员工们。因此,大型企业对于改进企业家的形象的努力不是一个孤立的行动,而是现代管理精神的一个不可分隔的部分。劳动生理学、劳动心理学和人力管理的心理学早就告诉了我们,注意到和考虑到员工们在身体和精神方面的特点是很有益的。

几十年以来,联邦德国对于企业家的“远距离形象”有所改进,这也是因为生活水平上升了,而工业和企业家们从 1948 年以来对于这些都有重要的贡献。在大部分的发展中国家,企业家的形象很不好,因为在那些国家里通常有政府的干预主义(dirigism),所以真正有创造性的企业家似乎没有机会,但另一些人则不需要冒什么风险,仍然能够积累财富(real creative entrepreneurship has hardly any chance whereas accumulation of riskless profits is encouraged)。

除了辨别“远距离形象”和“近距离形象”之外,这些社会学分析还包含另一些有意思的辨别:他们也分析“外部人的形象”(outsider's image,就是外部的人对于企业家的看法,或企业家认为别人对他有什么看法)以及企业家的自我形象(self-image)或别人以为他有什么自我形象（presumed self-image）。

企业家的"自我形象"一般来说是相当积极的，这一点也不难理解。因此，企业家们比较满足于自己的工作（considerable job-satisfaction）。另一方面，企业家想，别人对于他的形象很不好，虽然各种统计数字没有提供一个那么消极的形象。所以，企业家们的倾向是这样的：他们认为，社会上的人对于他们的工作不会有太多的欣赏，对于自己的社会名声有了比较悲观的看法。

在1983年的西德，白领和蓝领工人中有60％的人满意他们的老板（"近距离的形象"），只有19％生老板的气，而15％的人不敢发表意见。无论对于老板的看法如何，似乎没有人想与老板换地位，而更少人认为，自己能够作得比老板好一些。

自从1950年以来的联邦德国，承认和肯定企业家在市场经济中的重要性的人越来越多。年轻一代的人没有亲自体验到战后的穷困，也没有看到，市场经济如何克服了当时候的问题，所以他们更多倾向于认为，企业家是一个剥削者。特别是那些有高中或大学教育的16到29岁的人有这样的观点。这种发展的原因是各学校和大学中的左派意识形态的影响。

一个在1983年的研究曾经讨探了一家企业内的社会福利对于企业家的形象的影响。结果显示，那些在公司不享受到太多社会福利的工人们中仍然有64％的人满意自己的老板。相反，在那些提供很多社会福利的企业中，相应的数字是61％。这又表明一点：大型企业的影响不好，因为一般来说，在大型企业的福利还比较多。没错，在大众的想法里，一个理想的企业家会提供最可能多的社会福利。然而，企业家们自己感觉到，这样的政策不符合他们的真正角色。如果单独依赖于社会关怀和一种照顾员工的态度，一位企业家还不会在竞争的挑战中站稳。很显然，许多员工也明白这一点，特别是那些小型企业里的员工。

在美国当"经理"或"高级经理"有一个受肯定的并被敬仰的社

会地位,但是企业家的"远距离形象"也不是太光荣的。一般的百姓似乎对于企业家和对资金的积累有了两种看法。据说,一切社会领域,一切组织和制度都经过一种"失去信任"的过程,但商业界所受的损失相对最大。在某种程度上,最近的出版物和娱乐界(电视)所描述的形象也反映着这种态度:这种形象就是一个没有良心的,控制人的,充满嫉妒的和道德上有问题的企业家。这方面的例子是国际上有影响的著名电视连续剧《达拉斯》(Dallas)和《王朝》(Dynasty)。这种反面的形象主要是左派的人所宣传的,但各教会也有时候倾向于这样的形象,比如美国主教团在 1986 年所发表的关于经济伦理的牧函。与此相反,美国多次的民意调查显示,美国人——包括各个工会——都认为,利润是市场经济的重要因素之一。普通的公民们还认为,他们自己支持私立企业和利润。不过,人们在小型企业和大型企业之间作区别:他们更会批评大型企业。

如果我们想知道为什么人们对于企业家怀有某种敌意或批评的态度,我们会发现,在一切国家中,知识分子的角色非常重要。

在很多地方,在学校或大学工作的老师们不太理解什么是一个经济制度,而其中的重要因素是什么。这些教师似乎都说,企业家是"唯利是图"的人,他们是剥削者。属于各个派别的知识分子都批评现有的社会和经济条件,但他们很多时候都不知道事实,不了解真实情况,而且他们也不愿意接受一些比较客观的信息,即使有人提供这些事实性的资料。

比如,美国各大学所用的教科书多半都有一种反资本主义的态度(anti-capitalist),其中那些比较好的教科书也有平等主义和干涉主义的倾向(egalitarian and interventionist)①。这里必须

---

① interventionism(干涉主义)指国家政府对于企业的干涉,就是计划经济的倾向。——译者注

特别提到萨缪尔森(Paul Samuelson)①的教科书,因为在美国大学里这本书有几百万本。虽然不是所有的教科书和所有的老师都有这种意识形态的倾向,但各种出版物和教导的主流还是比较左派的。

虽然那些左派的知识分子广泛地攻击着自由的企业制度,但在美国人民之中,他们仍然没有获得很多共鸣。在其他的工业化的国家中也有类似的发展。那些反对企业者的知识分子们仅仅会暴露出他们自己对于经济的无知,因为他们本身不明白经济的种种规则。他们一方面攻击企业的利润,但他们自己想为他们的著作和创作获得最佳的销售条件。如果自由世界没有一个那么好的经济制度,也不可能存在那么多的知识分子,因为经济的丰富利润才能够养活这些思想家和艺术家。

企业家们应该从此获得一些教训:他们的公共形象都是比较不好和消极的,而他们经常受到批评。因此,他们应该积极地改进和培养他们在公共社会中的形象。然而,很多企业家不愿意在公共场所表达自己。不过,仅仅雇用一些"专家"改进自己的形象是不够的。企业家们都应该准备面对群众,他们也应该在社会政策方面有所表现。他们应该不仅和自己企业相关工业组织,也要与一些慈善组织、宗教组织、文化或体育组织进行合作,也可要在地方、地区或全国范围内接受某些荣誉职位等。对某些企业家来说确实很难腾出时间,但一个企业家本来就应该很理性地安排自己的时间,所以也应该能够为别的任务找出一点时间。许多企业家有一个不好的倾向:他们在很多细节上花太多的时间,他们不会让别人负责某些工作——这就是一个原因为什么他们的时间不够。另一个原因是,有的企业因经济权力的上升也增加董事会的会员,

---

① Paul Samuelson,美国人,1915 年生,经济学家,1970 年获得诺贝尔经济学奖;著有《经济分析基础》(1947 年)。——译者注

他们多次自己开会,但不参与外面的荣誉活动。

企业家们本来有很多方式可以改进自己的公共形象——他们需要利用这些机会。

第七章　现代的企业家:企业家
行动的理论和实践

　　企业家的活动面对很多经济和道德上的挑战。企业家应该引导自己的企业走向成功。这就意味着,他应该不断地在市场上提供一些新的产品和服务,而且这些产品或服务的价格是尽可能低的。这就要求创新和对于成本的考虑。不过,企业家的工作也要遵守某些道德上的原则。这种工作不仅仅在于更多和更好的产品,不仅仅在于周转和利润,但也要符合某些伦理标准,而有时候,这些伦理考虑也将引导企业家的行动。管理伦理就是企业家和经理们愿意按照一些伦理价值和道德标准去管理一家企业。这就意味着他们的行动受社会责任感的指导,他们就要尊重或改进他们的文化环境中的道德价值(This implies that action is guided by social responsibility, respecting and enhancing the moral values of the cultural environment to which the entrepreneur belongs)。

　　如果用一种稍微夸张的说法,我们可以这样说:一位企业家应该遵守的伦理概念就是在利润和最广泛意义上的公益之间要保持一个正当的比例(the correct ration between profit and the common good in its widest sense)。斯彼克(Manfred Spieker)曾说过:"公益取决于企业家。早在工业化之前,企业家们将科学发现转换为技术发明以及合理的生产方式。"因为经济活动是合理的,那些有利润的企业就是公益的前提(Because economic activity is rational, enterprises which produce profits are a pre-condition of the common good)。企业家的主要能力和特征是这些:他必须能够:

> ——有进取心(to show initiative)
> ——作决定(to take decisions)
> ——承受压力(to accept effort)
> ——接受风险(to take risks)
> ——理解市场信息和市场的发展(to understand markets and their evolution)
> ——追求创新(to aim for innovation)
> ——领导同工们(to lead, and in particular)
> ——给于同工们(员工)一些动力并配合他们的工作(to inspire associates and co-ordinate their work)。

这就是企业家的重要特征。他应该能够以一种和蔼的与容忍的方式对待别人,因为他必须与工作人员、客户、供应商、同工、竞争对手和工会的代表们进行沟通。

如上所述,在一个社会市场经济的制度中,企业家必须在一定的社会框架(包括法律和政治性的条件)中工作,这样他的管理工作才能够获得成功。但是,他自己不能创造这种社会框架。

在实际的生活中,我们很少会看到一个理想的企业家。在经济要求和道德要求之间经常会有一种张力,而企业家必须面对这种张力。下面,我们还要谈论企业家所遇到的一些挑战,但也要提出一些解决的方案。

1. 竞争的压力

任何一种市场经济都因不同企业家之间的竞争而昌盛。竞争所带来的压力就会促进人们提高自己的表现，这样才会在竞争对手面前占一席之地。那些表现不好的企业家们在市场中就会被淘汰，他们的企业将会破产。因此，很多企业家也想操作和操纵市场——这一点也是可以理解的。他们不仅仅要改进他们的生产方式，也想发明一些策略以保护自己免遭破产的厄运。这就包括一些生产秘密，专利，聪明地分配各种生产物品，以及广告宣传。这些手段也许在伦理上都是可以接受的。不过，很多次一些竞争者暗中合作并决定要提高价格，这样使某一物品的价格超过原来的竞争价格。特别是那些提供大众物品（如水泥、砖、石子、煤、钢铁等）的企业经常会这样做。

因此，在很多市场领域中，竞争是不完善的（competition is imperfect）。然而，现代的发展走向更多种多样的物品和服务，所以市场被分化，而竞争的操纵或扭曲也越来越难。

原则上，一切影响或扭曲竞争规律的行动都必须被拒绝。不过，这方面的诱惑也很大。罗普克（Roepke）曾经说过："市场经济会一点一滴地软化人们的道德精神，除非有一个适当的体系和法律制度来控制这些许许多多的诱惑——企业家会时时处处面对这些诱惑。"他指出一些保持自由竞争的法律（防备垄断集团的法律等），一些工人方面的法律和社会福利法律。国家的任务在于提供一种外在的框架，而这个框架就应该强迫企业者们遵守市场规则。另外，"契约是必须遵守的"（Pacta sunt servanda）原则也是市场经济的一个重要的前提条件。但是，国家所规定的规则也必须符合整个体系，也就是说国家的法律也不应该歪曲竞争。这就是著名的公教经济学家内尔－布瑞宁（Oswald von Nell-Breuning）在一个名言中所表达的道理:"需要最小的道德努力的经济制度是最好的制度(that economic system is the best which requires the least moral effort)。"

熊彼特(Schumpeter)很早就指出,每一个企业家倾向于排除他的竞争对手,不愿意让他们也参与市场,所以每一个企业家本来是对市场制度的威胁,因为市场体系的效率取决于众多竞争者的存在。但他也说明了,在某些情况下,一种不完善的竞争也为经济的发展会带来相当大的好处。人们经常说,企业家们想回避竞争,他们只想操纵市场,这样能够获得不正当的垄断利润。在个别的情况中,这也许是对的,但在实际的生活中,企业家们一般不会违背竞争的规则。绝大多数的企业家每天必须面对竞争的压力。而且,恰恰是这一点使得许多西方国家的经济成就成为可能的。

2. 干预主义的诱惑

在干预主义的经济体系中,国家直接干涉并引导经济的过程。这方面有很多方法和手段:

　　　　—固定一些物品的价格,不让市场决定这些价格
　　　　—为一些原料或进口货规定一些税或限制它们
　　　　—规定人们的固定工资
　　　　—为某些产品给某些企业一些生产专利
　　　　—给予一些企业一些特殊许可。

这一切干预主义的措施都阻碍自由竞争,且有利于那些享受政府支持的企业。因为不再有竞争所带来的风险,那些在干预主义体系中得利的人们很容易获得利润,但他们不必作出太大的经济上的努力。这样的制度阻碍着经济上的增长,但对于很多企业

家来说，这个制度仍然具有很大的吸引力，它就是一项诱惑。这样就能够理解，为什么在那么多发展中国家有国家政府的干预主义，而那些徒有虚名的企业家们似乎都不反对这个干预主义。因此，建立一个市场经济制度首先是一种政治的任务。那些有远见的、明智的和负责任的企业家们都会支持这样的政治努力，正如许多欧洲国家的企业家在第二次大战后也支持了这些政策。

3. 影子经济

似乎在一切国家里存在着一种所谓的"阴影经济"或黑市，虽然程度不一样。这种经济活动发生在某一个国家的法律框架以外。这种经济活动的原因似乎都是一些过高的征税，而这些税惩罚个人的努力，而不鼓励个人的进取心。另外，太过分的文牍主义也会阻碍个人的进取心，而这些人后来会在黑市找一条出路。如果是在那些贸易主义－干预主义的经济制度中，当然有更多的人寻求这种发泄口。如果在一个地方存在着一个黑市经济，这就意味着在这里有很大的企业创造精神，有很大的企业活动的潜力，但正式的、公开的经济制度不让这些发展。

秘鲁（Peru，"佩如"）的黑市经济就是一个很有意义的例子。索托（Hernando de Soto）的书《另一个道路》（*El otro sendero*）在拉丁美洲引起相当大的争论——他就很详细地描述了这个黑市。一种非公开的经济是人民的一种自发的、创造性的回应，因为他们不能接受国家政府的那种贸易主义－干预主义的经济政策（mercantilist-dirigist economic policy）。在这个情况下，如果一个普通的公民想获得许可证以建立一个小型企业，他必须花很多钱，所以他无法付出这样大的代价。在1983年的一个例子，获得许可证的程序需要289天，而且要花的钱就是32个月的最低工资（32 minimum monthly salaries）。

如果想通过合法方式获得一个房子的所有权就必须花更多钱。如果一些低收入的家庭想在一块属于政府的地上建立自己的房子,那么他们就需要七年的工夫才能够获得这一切相关的许可证。甚至在路边建立一个小的报亭也得花 32 天的时间,这 32 天必须和有关的官僚们进行艰苦的搏斗。

在他的书中,索托指出,在他进行研究(1983 年)的时候,秘鲁实际上没有市场经济。仅仅部分人民的非法自助活动才开始建立一种市场经济——就是黑市。索托描述公开的经济制度为“贸易主义的”(mercantilistic),而他的意思是说,政府更多注意到了国家财富的重新分配,但只有一些有特权的精英分子因此得利,而国家政府就没有注意到创造新财富的问题:片面的重新分配代替了增长(one-sided re-distribution instead of growth)。每天都有 70 条新规定,而经济法规的数目据说是 50 万条,不过其中只有 1% 的法律是国会通过的,其他的都是一些行政机构颁布的规定。

面对着这样没有效率的,这样不公平的制度,群众的回应是建立一个黑市。人民根本不关心法律。他们在街头上卖他们的产品,他们开办他们的商店,他们在没有人用的地方建立自己的房屋。

索托并不赞成这种不公开的市场,也不将它理想化。相反,他指出这种非法经济的弱点和危险——这种黑市经济缺乏法律的保护,它也不能作出长期的计划。

上面所描述的发展开始于 1940 年;当时很多乡下人搬到城市去,但在城市中既没有房子,又没有工作机会。在 1940 年的时候,全秘鲁的人口 9% 生活在首都利玛(Lima),但在 1981 年相应的数字是 26%。这些来到城市的移民很快就意识到,他们生活唯一的途径是非法的工作——这样才能够进行生产、贸易、运输和消费。这种非法活动并不是一种犯罪行为,但只是一种自济行动,而通过自济人们想达成一些合法的目标(an act of self-help in order to attain lawful ends)：盖房屋、提供或获得各种服务、建立某一个商店。这样，秘鲁参与经济人口的 48％以及 61％的工作时间都在不公开的黑市投入，而这些活动又创造全国生产总值的 39％。作者索托很详细地描述，这种不公开的房产买卖、不公开的商业和不公开的运输系统是如何形成的，它们是如何运作的。在 1982 年的利玛，43％的住宅是通过非公开的市场而安排的。街头上的摊贩也非常重要。在 1986 年的利玛有 91455 个这样的摊贩，其中大多数的人也是非法的。在 1984 年，大众交通的车辆 91％是非法操作的。

这一切和企业家有什么关系呢？如果一种官僚制度压制着人民，而人们采取一些自济行动，这样的事实就表明，在人群中存在着一个很大的创造力，潜在着很多企业精神的资源。如果要像秘鲁那样进行经济活动，确实需要很大的勇气、接受风险精神、进取心和想象力。

毫无疑问，我们在秘鲁的例子看到：这里有企业精神在进行工作。当然，这样的不合法的、紧急的制度既不是理想的，也并不是应该追求的。如果这样的制度有正当的法律条件，人们会有更高的效率，也会更好地利用先进技术。另一个重要的因素是这个：他们对于法律普遍地缺乏信任（the lack of general confidence in the law）；然而，一个有秩序的国家和一个有效力的市场经济就需要法律精神，需要对于法律的信任。

秘鲁的例子不应该效法。然而，这个例子表明，一个正当的市场制度能够推动社会中的企业潜力（the entrepreneurial forces that can be mobilised），而这些企业潜能早就存在于民众之中。

这样的例子对东欧诸国也是一种鼓励，因为他们决定了要以自由经济制度和市场价格取代他们原有的中央计划的经济制度。

4. 环境

不久以前，人们好像还没有发现环保的问题。他们以为，环境的资源无限大，可以进行无限的生产，而环境也可以当一个无限大的垃圾场，可以接受任何数量的废物——实际上，几年前没有人对于这些想法提出什么疑问。当时的人们毫无忧虑地向天空喷出他们的废气（工业的烟，汽车的废气），他们快快乐乐地向河流和海洋泄入污水、温水、毒水，他们堆积了巨大的垃圾堆，而其中的废物经常有毒素。现在，人们意识到了，环境在承受和消化污染方面很有限。这里又可以看到，"资源稀少"的经济原则是有效的（Here again, the economic law of scarcity applies）。人们也曾多次谴责企业家们，说他们不注意到环保问题，他们在环境污染方面是"真正的罪人"和"罪魁祸首"。

这类的判断不了解真正的情况：如果人们可以免费地利用大自然，那么根据自由竞争的原则的结果必然是这样的：人们会无限度地利用大自然，而且他们也不会主动地采取什么昂贵的环保措施。当然，很多企业家们今天已经意识到了，他们在社会上的角色也包括一个积极的环保政策。许多企业已经花很多钱去改进环保的条件，而企业家和一些企业家协会都支持政府的环保政策，通过法律要求人们使用一些保护环境的技术。市场经济制度完全有能力去解决环保问题，只要提出一些这方面的法律，但这个政策也应该符合市场原则。自然环境不再是"免费使用的"，但物品的价格也应该包含对于环境所造成的负担①，这样就能够控制环境污染的影响。不过，最重要的是这一点：人们要真正地有一个环保意识

---

① 也就是说，那些在生产过程中造成比较多污染的产品应该比较贵，而生产者要花钱去处理他所引起的污染。——译者注

和意愿,因为他们要准备接受许多物品的更高价格,他们也要准备不用某些产品(减少包装,不用喷雾器用的气等),也放弃某些方便的作法。

对于负责任的企业家来讲,这种情况等于是一个重大的挑战,而只有一个正当的法律框架能够解决这些问题。但是,重要的是,一种社会市场经济完全有能力去解决环保问题。

5. 人力资源管理

企业家的典型作用是:他要以最佳的方式组织各个生产因素(资源、资金、劳力等)去创造一个有利润的企业,不断降低成本,不断追求创新。除了这些以外,他还得注意另一方面的重要任务:人力员工的管理。这不仅仅是一种人道主义上的任务——就如几年前的口号"企业中的人"所提出的那样——但这也是操作和技术方面的挑战。今天的人都意识到了这一点。

企业管理多半就是人事管理(personnel-management),这就是一种改进和提高工作方式的领导风格。这种管理的前提是:必须考虑到企业中的工作人员的自尊心(self-esteem)。人不是机器,人也不是象棋中的兵或卒,不是一个随意可以摆布的生产因素。因此,以前那么普遍的"权威式领导模式"(authoritarian leadership)现在比较少见。不过,命令(就是决定)和服务(即实现)仍然是不可缺少的。然而,一种纯粹权威主义的态度不会带来所希望的效果。近期以来,人们更追求的是一种合作式的领导模式(a more cooperative style of leadership)。一位企业家不仅仅需要技术上的资格和专业知识,他也需要沟通的能力。合作形式的领导方式有这样的伦理基础:一切在一个企业中工作的人都被尊敬为一个个体人格,所以每一个人会感觉到,他真正属于企业并分担责任。很重要的是,企业家必须获得员工们的信任。为了获得别人

的信任,企业家

　　—始终不可以作一些自己不能实现的许诺;

　　—必须恪守自己所作的许诺;

　　—宁可不说话,但不可以说谎。

　　这种合作的思想不是来自伦理学的考虑,但更多来自于效率和降低成本的考虑。人们早就发现,如果考虑到每一个人的生理和心理特征,企业就能够提高生产率。一个明智的和负责任的企业家知道,他的经济成就不仅仅取决于他所用的机器和技术,但也在很大的程度上取决于他企业中的员工。这些考虑并不是企业家的一些关怀社会的情绪或一种同情心,因为仅仅依赖好的人际关系,仅仅依赖于社会关怀不足够的——任何一个企业家都不能单独靠这些去面对竞争的搏斗。合作式的领导意味着什么呢? 请看下面的关键概念:

　　—所有工人获得信息并受到鼓励(information and motivation of all workers)

　　—各种管理层次之内和层次之间的沟通(communication within and between management levels)

　　—任务的下放和委任(delegation of responsibility)

　　—鼓励小组中的合作(encouragement of team-work)

　　—人情化,并更灵活地回应工人们的需要(humanisation and greater flexibility in accommodating workers' needs)

　　—员工的继续训练和进修(continuous training and formation of workers)

　　—现代的管理的前提是,那些被管理的人员在精神上也必须合作(the mental cooperation of those who are being managed)。

　　当施莱尔(Hans-Martin Schleyer)任德国雇主协会联盟的主席时,他有一次说过:"在那种被称之为'领导'的社会过程中,指导性的意愿不再可以单向地、全部地从上面流到下面。当然,那些开始创造企业的人始终会有优先的地位,但那些被引导的人也不应该是完全被动的。他们也应该参与作决定的过程。"

　　企业家也应该考虑到社会和伦理的问题,但在一家企业每天的操作中存在一些客观的阻碍,所以人们不能始终关注人情方面的问题。在绝大多数的情况下仍然不能避免"异化"(alienation)的现象,而且必须也会有一种客观化(necessary objectivation)①。虽然企业家都是善意的,充分关怀社会和工人的需要,但他也在具体的竞争情况中不能放弃机械化及合理化(裁员 rationalisation)②。无论如何,企业家必须根据自己的良心作出各种决定。

　　负责任地领导别人并不简单。不过,如果考虑到企业和员工的利益,就需要这种领导。根据韦伯(Max Weber)的说法,任何一种有伦理动机的行动可以归纳为"心态伦理"("意向伦理"ethics of commitment, Gesinnungsethik)或"责任伦理"(ethics of responsibility, Verantwortungsethik)。③ 一位企业家知道,他必

---

① objectivation 指"从客观效率看待某个人或某一批人"。——译者注

② rationalisation 指"生产过程的合理化",但经常也意味着"裁员"和"减少员工"。——译者注

③ 属于"心态伦理"的人看到各种价值的正确秩序,他从原则来纠正一些标准,但他很少注意到那些行动的后果,也不看实践伦理原则的种种阻碍。他想,善意将会克服一切。如果一个人愿意,他也会实现某一个价值。另一方面,"责任伦理"的追随者也承认同样的价值秩序的约束性,但他同时意识到,实现这个秩序的可能性在很多方面受到具体的限制,所以他更重视一种相对善的行为,而不注意一种绝对的美德。责任伦理学家知道,实现某一个道德价值也需要具体的、专业性的资格,所以当他提出要求时,他似乎更小心,更谦虚谨慎,但同时他也比较公正和实在。比如,一种"心态伦理"告诉人们:"绝对不可以说谎。说谎在任何情况中都是不对的,都会有不好的后果。"但"责任伦理"则会说:"说谎不好,但如果实在没有别的办法,说谎也能够带来一些好的结果。从后果来看,在某些情况中必须说谎。"——译者注

须每天为自己的行动负责任,所以他会选择"责任伦理"作为自己种种决定的基础。

西德的公教企业家协助会(BKU)在 1989 年出版了一些书去说明企业家在现代工人世界中的种种任务。根据这些书籍,这些任务包括寻求人力劳动的恰当形式,以能够协调个人的尊严、个人的发展以及家庭、企业和国家社会的需要。基于经济的、技术的和社会方面的创新,人们也有新办法去实现这样的目标。这些创新能够比以前更好地回应许多人的态度与各种合理希望。

其中一些非常重要的前提条件是分化和灵活性(differentiation and flexibility)。人们必须离开那些集体主义的规则,必须寻求员工更大的独立性,使他们创造性的合作,或者是个人之间的合作,或者是小团体的——这就符合辅助性的原则(the principle of subsidiarity)。公教的社会教导就很重视这个辅助性原则。当然,这也意味着社会市场经济方面的进步:辅助性就是更大的自由和责任心的基础(Subsidiarity lays the foundation for more freedom and responsibility)。

6. 企业文化

几年以来,在欧洲和美国的热门话题是"企业文化"的理论和实践。不可否认,这个概念比较模糊,人们对于"企业文化"有各种各样的解释。不过,这些解释的出发点都是一样的:它们都认为,文化基本上是人的活动。因此,它们提出不同的方式去改变企业的具体条件,都是为了创造一个更符合人性的工作环境并且取代一些纯粹机械性的生产环节(replace purely mechanistic-rational processes)。

在欧洲,"企业文化"的说法不一定很受欢迎,因为人们在传统上都分辨"文化"(culture)——它意味着知识性的和艺术性的活动——以及"文明"(civilisation)——它涉及到自然科学和技术。"企业文化"理论的目标是更强调企业内的伦理考虑以及伦理行为。比如杜如克(Peter Drucker)在 1987 年写的书《企业的机会》(*Die Chance des Unternehmens*,Duesseldorf,1987 年)指出,应该从纯正的伦理价值去看企业家的权力,这样一来,"企业文化"可以说明企业工作的正当性。

企业家的种种社会—伦理责任都可以说属于"企业文化"这样的标题。然而,企业家们经常利用这个概念来改进自己的社会形象,但在企业的具体管理方面,他们并不作出任何改进。无论如何,关于"企业文化"的谈论应该被视为一种积极的东西,因为它会更进一步地促进现代管理的人情化(a further attempt to humanise modern management)。关键的问题是,管理人在什么程度上注重企业内人员的价值和他们的技巧。如果人们能够进行更多的沟通,他们也会有更强的归属感。"企业文化"的标准有很多,但其中比较重要的标准是一个企业如何处理老人退休、需要社会福利的问题、下岗的问题或人员冲突的问题;解决这些难题的方式都应该符合人的尊严。

在实际生活中,人们多谈论"对于集团的认同感"(corporate identity),但这个观念并不等于"企业文化",虽然这个认同感通过员工之间的沟通而能够为某一个企业提供一个特殊的"牌子"或风度。不过,"对于集团的认同"不会带给人们一种共同的目标,但"企业文化"就要求人们有共同的目标。

从外部看来,"企业文化"的表现在于一个企业如何处理社会争论,比如雀巢(Nestle)公司关于婴儿食品的法案或石棉(asbestos,Eternit 公司)的法案。一位著名的瑞士管理专家乌利克(Hans Ulrich)曾说过,人们"应该自愿地限制自己,为了公益的好处而不追求自私的利益。"在个别的案例中,这种要求当然会引起一些问题,但基本的思想是对的:人事管理必须承担社会上的责任,必须承担为员工着想的责任。

为了说明"企业文化"的想法,下面要简单地叙述两个美国的例子。

7. 集团伦理:一个重要的商业优势

一个美国企业组织,名为"商业圆桌",于 1988 年 2 月发行一份关于"企业行动的政策和实践"的报告,题为"集团伦理:一个重要的商业优势"(Corporate Ethics:A Prime Business Asset)。这个报告谈论 100 多家公司并表明,许多著名美国公司长期以来都很重视"伦理行为"。许多公司都提出某些"伦理规章"或"行为规章"(codes of ethics or conduct),但只有近年以来,经理们也开始真正讨论伦理问题及其解决办法。人们现在作出更大的努力去提供一些组织性条件和结构性的框架为了在企业中确保"伦理政策和伦理行动"。人们发现了经理的角色非常关键,他必须在公司中执行伦理政策。一家公司的总经理必须有具体可见的行动去实现"伦理行为",他必须成为一个好榜样。在公司内部,伦理政策的沟通有不同的渠道:上面的规定、政策宣言、讲演、公司内部的小报以及实际上的行动。许多企业家和经理的实例表明:伦理和利润之间的"不可调和的矛盾"只是一个神话。许多企业家深信,在伦理行为与合理利润之间没有什么冲突。实际上,越来越多的人有这样的看法:在一个竞争日益激烈的时期中,一种获得信任的、建基于伦理行为的"企业文化"就是公司的生存和繁荣的重要前提条件。

经济学家舒莫德(Schmoelders)早就指出,在美国存在一个普遍的倾向:人们都谈论"提高生活水平"的问题。某些企业在"集团的社会责任"方面采取一些个体的措施,而这就表明,这些公司充分意识到自己的社会责任。

上面提到的关于社会伦理的报告也说,大多的公司写出了它们在伦理行为方面的要求。这些"行为规矩"(codes of conduct)在不同的行业是不同的,但似乎所有的企业都采纳了以下几个要求:

——诚心以及遵守法律(Honesty and respect of the law)

——产品的安全以及高质量(Safety and quality of products)

——工作岗位的安全和健康(Safety and health at the place of work)

——利益冲突和其解决(Conflicts of interest and their solutions)

——关于工作契约的习惯(Practices with regard to labour contracts)

——分配方面的公平(Fairness in distribution practice)

——与供应者的关系(Relation with suppliers)

——合同的签订(Conclusion of contracts)

——股票市场上的价格谈判和内部事务(Price-fixing and insider-dealing on the stock market)

——有关订货或得到信息的行贿收贿的规定(Bribes with regard to acquiring orders or information)

——环保规定(Environmental protection)

如果一个公司想执行伦理原则,公开的沟通(open communications)是特别重要的。这方面的前提条件是:公司内部必须有互相信任的气氛。如果一些人侵犯伦理规则,任何惩罚都应该要圆通地执行(any punishment should be discreetly applied)。目的并不是通过惩罚去教训人们,但要通过好榜样和通过赞扬教育人们。

美国的波音公司(Boeing)于 1987 年修订了自己的"商务行为

规则"(Business Conduct Guidelines)。这个公司在传统上就非常重视"伦理管理"。管理班子主动地写出一份有效的伦理规章,而这个规章在公司经过挑战时表明它很有价值。总经理们的任务是,他们要保证下层的经理们都支持这个"伦理行为规章"。

另一个公司,通用面粉公司(General Mills)认为,对于消费者的良好服务就是最关键的因素之一。这公司的看法是:公司执行一些伦理原则和消费者的接受之间没有冲突——实际上,这两个因素就是同一事情的两面(there is no conflict between the firm's applying ethical principles and consumer acceptance,which are in fact only two sides of one medal)。

惠普公司(Hewlett Packard)也特别向其工作人员提出伦理行为上的要求。一位惠普的老经理曾这样说过:"惠普不会经易为了钱的缘故开除你,但如果涉及到一些伦理问题,你很快就下岗了。"这样的话也很有代表性。为了保持公司内的这些价值和伦理标准,人们必须不断地通过讲演、讨论会和公司通讯沟通这些伦理价值。

一个公司——诺顿(Norton)——早在 1976 年就建立一个"董事会的伦理委员会"(Ethics Committee of the Board of Directors)。这个委员会的目标是要求公司的员工严肃对待他们的伦理规章。这个委员会也在艰难的案件方面协助管理者并确保谈判中的公平和正义。公司的一个主席曾这样说过:"管理人应该这样想:董事会的伦理委员会是一种达摩克勒斯剑(Damocles sword),①这把剑始终悬挂在一切行动之上,能够随时进行裁判。"

虽然这几个例子不能代表最广泛意义上的"企业文化",但这些也能够提出一个具有说服力的证明,即:很大的公司也认真地对

---

① 译 Damocles sword 来自古希腊的传说。为了表示暴君迪奥尼修斯(Dionysios)的权威,在达摩克勒斯(Damocles)的头上悬挂着一个剑,表示一个人随时可以受别人的判断或惩罚。——译者注

待管理制度中的伦理行为问题。

8. 追求杰出表现:一些成功的美国公司

在他们的畅销书《追求杰出表现》(*In Search of Excellence*)中,两位作者彼德森(Peters)和沃特曼(Waterman)曾经研究了大型公司成功的前提条件。他们的总结是这样的:需要最恰当地调整这七个因素:

　　—组织结构(Organisational structure)
　　—政策(Strategy)
　　—工作人员班子(Staff)
　　—管理风度(Style of management)
　　—各个体系和过程(Systems and processes)
　　—共同的价值和文化(Shared values)
　　—技能(Skills)

他们划出来了一个"七个 S"的画图,而在这个画图里,"共同的价值"处于中间位置。

STRUCTURE
(结构)

STRATEGY　　　　　　　　SYSTEMS
(政策)　　　　　　　　　　(体系)

SHARED VALUES
(共同价值)

SKILLS　　　　　　　　STYLE
(技能)　　　　　　　　(风格)

STAFF
(工作人员)

　　从我们的观点来看，他们将"共同价值"置于最中间的地方，这一点非常重要。这也就是"企业文化的核心"。在个别的叙述中，这一点也不断地会出现。管理人员和工作人员之间的关系也特别重要。在那些成功的公司里，管理人都会聆听员工的意见，会严肃地对待他们（staff are treated as adults and are listened to）。那些有创造力的员工们也获得很大的空间，能够发挥自己的想法。这听起来很简单，但从其他六个因素来看，并不是那么简单。为了确保一家公司的成功，良好的人事管理制度是一个前提，但这还不是唯一的前提条件：也需要另一方面的考虑。然而，如果一个现代的公司想要有长期的成就，它就需要共同的价值和一种具有号召力的企业文化。

　　总而言之，我们可以说，伦理道德和经济上的成功之间并没有矛盾，但伦理道德就是经济成功的前提条件，而经济成就也能够提高伦理道德标准。企业者的伦理动机——就是有意识地和有信心地愿意为公益作贡献——应该取代政府的种种规定（Ethically motivated entrepreneurial initiatives，consciously and with conviction intended to contribute to the common good must preempt government regulations）①。伦理道德的基础是自由意志，而不是强迫执行（Ethics rest upon free will and not upon compulsion）。

---

① 这里的 preempt 可以译为"取代"，但也有"先于"、"优先于"、"当前提"的意思，不一定是"完全取消"的意思。下面的句子就强调这个"基础"作用。——译者注

结语：最后的观察

经济自由和政治自由有互相促进的作用。最广义上的经济自由，自由的企业者和自由的公司可以促进民主，（Free entrepreneurs and companies，that is to say economic freedom in the broadest sense，are essential to democracy）。企业家们并不构成一个有特权的阶级——他们是自由社会中的一个重要的因素。我写这篇文章的重要目标就是阐明这个观点。

文 献 目 录

Bund Katholischer Unternehmer e. V. , *Auf dem Weg zu einer neuen Arbeitskultur. Gestaltungsaufgaben fuer Unternehmer in einer veraenderten Arbeitswelt*(《走向一个新的工作文化。企业者在新的工作世界中的创造性任务》). Aussagen zur 40. Jahrestagung des BKU, Wiesbaden, Nov. 1989.

Bremeier, E. , Jeuschede, G. , Juesten, W. , *Manager in Familienunternehmen. Forum fuer Fuehrungskraefte*(《家庭企业中的经理。领导人物的讨论会》), Berlin 1983.

Briefs, G. A. , *The Ethos Problem in the Present Pluralistic Society*(《现代多元化社会中的伦理问题》), Reprint from Review of Social Economy, Vol. XV, No. 1. 3/1957.

Corporate Ethics, A Prime Business Asset. A Report on Policy and Practice in Company Conduct(《集团伦理,一个首要的商业优势。关于公司伦理政策和实践的报告》). The Business Roundtable, New York 2, 1988.

De Soto, H. , *The Other Path. The Invisible Revolution in the*

Third World(《另一条路。第三世界中的无形革命》)，New York，Harper & Row，1989.

Eucken，W.，*Die Grundlagen der Nationaloekonomie*(《国家经济学的基础》)，Jena，Gustav Fischer 1940.

Eucken，W.，*Grundsaetze der Wirtschaftspolitik*(《经济政策诸原则》)，Tuebingen 1975，First edition 1952.

Hayek，F. A.，*Individualismus und wirtschaftliche Ordnung* (《个人主义和社会秩序》)，Erlenbach，Zuerich，Eugen Rentsch，1952.

Hoeffner，J.，*Der katholische Unternehmer in der kommenden Wirtschaftsordnung*(《公教企业家在未来的经济秩序之中》). Hauptvortrag der Tagung des Bundes Katholischer Unternehmer in Koenigswinter am 27. 3. 1949.

Hoeffner，J.，*Das Ethos des Unternehmers*(《企业家的伦理》)，Koeln，Bachem，1956 (Schriftenreihe des Bundes Katholischer Unternehmer，Neue Folge，6).

Hoeffner，J.，*Die Funktionen des Privateigentums in der freien Welt*(《私有制在自由世界中的种种作用》)，in：Sonderdruck aus Wirtschaftsfragen der freien Welt. Festgabe zum 60. Geburtstag von Bundeswirtschaftsminister Ludwig Erhard，Frankfurt：Fritz Knapp，s. a.，p. 121—131.

Hoeffner，J.，*Economic Systems and Economic Ethics. Guidelines in Catholic Social Teaching*(《经济制度和经济伦理。公教社会教导诸原则》)，Cologne 3rd ed. 1988，(Ordo Socialis 1).

Johannes Paulus Ⅱ，*Sollicitudo Rei Socialis. Zwanzig Jahre nach der Enzyklika Populorum Progressio*(《〈社会事务的关怀〉。〈万民进步〉通谕后二十年》)，Bonn 1987 (Verlautbarungen des Apostolischen Stuhls. 82).

Koehne，R.，*Das Selbstbild deutscher Unternehmer. Legitimation und Leitbild einer Institution*（《德国企业家的自我形象。一个制度的合理性与理想》），Berlin，Duncker und Humblot，1976.

Le Goff，J.，*Kaufleute und Bankiers im Mittelalter*（《中世纪的商人和银行家》），Frankfurt am Main，Fischer Taschenbuch Verlag，1989.

Messner，J.，*Das Unternehmerbild in der katholischen Soziallehre*（《公教社会教导中的企业者的形象》），Koeln 1968.

Mueller-Armack，A.，*Stil und Ordnung der Sozialen Marktwirtschaft*（《社会福利市场经济的风格和秩序》）. Vortrag aus Anlass der oesterreichischen wirtschaftswissenschaftlichen Gesellschaft in Bad Ischl am 28. August 1951，in：Untersuchungen des Institutes fuer Wirtschaftspolitik an der Universitaet Koeln，4.

Ockenfels，W.，*Kleine Katholische Soziallehre. Eine Einfuehrung-nicht nur fuer Manager*（《公教社会教导导论。不仅仅写给企业家》），Trier，Paulinus，1989（Beitraege zur Gesellschaftspolitik，31）.

Offermann，T.，*Das Kommunistische Manifest*（《共产主义宣言》），in：Lexikon des Sozialismus，Koeln，Bund，1986，p. 375—377.

Peters，T. J.，Waterman，jr.，R. H.，*In Search of Excellence. Lessons from America's Best-Run Companies*（《追求杰出表现。美国几家管理最佳的公司给我们的教训》），New York，Harper & Row，1982.

Pius ⅩⅢ，*Ansprache Sr. Heiligkeit Papst Pius ⅩⅢ bei der Audi-*

enz der Internationalen Union der Katholischen Unternehmer-Verbaende（UNIAPAC）（《教宗比约十二世在接待公教企业家国际协会时的讲演》），1949-05-07，Koeln，Bachem，s. a.

Rauscher，A.，*Kirche in der Welt. Beitraege zur christlichen Gesellschaftsverantwortung*（《世界中的教会。基督徒对社会的责任》），2 vols.，Wuerzburg，Echter，1988.

Redlich，F.，*Der Unternehmer als "daemonische" Figur*（《作为"魔鬼"形象的企业家》），in：F. Redlich：Der Unternehmer. Wirtschafts-und sozialgeschichtliche Studien，Goettingen，Vandenhoeck & Ruprecht，1964，p. 44—73.

Redlich，F.，"Der Unternehmer"（《企业家》），in：Handwoerter-buch der Sozialwissenschaften，10. Band，Goettingen 1959.

Roepke，W.，*Die Krise des Kollektivismus*（《集体主义的危机》），Muenchen，Kurt Desch，1947.

Roepke，W.，*The humane Economy：The Social Framework of a Free Society*（《符合人性的经济：自由社会的社会框架》），Chicago：Henry Regnery，1960.

Roepke，W.，*Civitas Humana. Grundfragen der Gesellschafts-und Wirtschaftsreform*（《人性的社会。社会和经济改革的一些基本问题》），Bern，Paul Haupt，4th edition 1979，first ed. 1944.

Roos，L.，Watrin，Chr. ed.，*Das Ethos des Unternehmers*（《企业家的伦理》），Trier，Paulinus 1989（Beitraege zur Gesell-schaftspolitik，30）.

Ruegg，J.，*Unternehmensentwicklung im Spannungsfeld von Komplexitaet und Ethik*（《复合性与伦理的张力中的企业发展》），Bern，Paul Haupt，1989.

Schleyer，H. M.，"Das soziale Modell"（《社会福利模式》），in：

Mahnung und Verpflichtung-Hanns Martin Schleyer-Gedenkfeier und Ansprachen zum 10. Todestag. Zeugnisse eines Lebens fuer Freiheit und sozialen Frieden, Koeln, Bachem 1987, p. 49—74.

Schleyer, H. M., *Unternehmer und Politik*(《企业家与政治》). In: Mahnung und Verpflichtung, Koeln, Bachem, 1987, p. 190—192.

Schmoelders, G., *Der Unternehmer in Wirtschaft und Gesellschaft*(《经济和社会中的企业家》), in: Kreativitaet des Handelns-Vom Ingenium des Unternehmers. Festschrift fuer Ludwig Eckes, Wuerzburg: Naumann 1978, p. 127—135.

Schmoelders, G, ed., *Der Unternehmer im Ansehen der Welt* (《世人眼中的企业家》), Bergisch Gladbach, Gustav Luebbe, 1971.

Schoeck, H., *Der Neid. Eine Theorie der Gesellschaft*(《嫉妒。一种社会理论》). Freiburg, Muenchen, Karl Alber, s. a.

Schumpeter, J. A., *Theorie der wirtschaftlichen Entwicklung. Eine Untersuchung ueber Unternehmergewinn, Kapital, Kredit, Zins und den Konjunkturzyklus*(《经济发展理论。关于企业利润、资本、贷款、利息和繁荣循环的研究》), Berlin, Duncker & Humblot, 1926.

Schreiber, W., *Zum System sozialer Sicherung*(《社会保障的体系》), Koeln, Bachem 1971.

Ulrich, H; Probst, G. J. B., *Anleitung zum ganzheitlichen Denken und Handeln. Ein Brevier fuer Fuehrungskraefte* (《全面思考与行动的指南。领导人物的手册》), Bern, Paul Haupt, 1988.

Umweltschutz und Kernenergie. Leitgedanken fuer einen verantwortli-

chen Umgang mit moderner Technik (《环保与核能。负责任地对待现代技术》). Ed. by Bund Katholischer Unternehmer eV. , Koeln, 2nd ed. 1989 (Diskussionsbeitraege, 12).

Weber, M. , *Politik als Beruf* (《作为职业的政治》), Berlin, Duncker & Humblot, 1978. Reprint, first edition 1919.

Weber, W. , *Der Unternehmer* (《企业家》), Koeln, Hanstein-Verlag, 1973.

Weber, W. , Messner, J, Rauscher, A, Rosen, L, *De Oeconomia Humana* (《论人的经济》), in: Wirtschaft und Gesellschaft auf dem II. Vatikanischen Konzil. Eine Veroeffentlichung der Internationalen Stiftung Humanum, Koeln, Bachem Verlag, 1968.

Weber, W, Schreiber, W. , Rauscher, A, in: *Das Konzil zur Wirtschaftsgesellschaft* (《大公会议关于经济社会的说法》). Pastoral-Konstitution ueber die Kirche in der Welt dieser Zeit, Muenster, Regensberg, 1966.

Werhahn, P. H. jr. , *Menschenbild, Gesellschaftsbild und Wissenschaftsbegriff in der neueren Betriebswirtschaftslehre* (《近代企业管理学中的人观、社会观和经济概念》), Bern, Paul Haupt, 2nd ed. 1989.

Werhahn, P. H. sen. , *Kirche-Wirtschaft. Dialog im Spannungsfeld ihrer geistigen Grundlagen. Der amerikanische Wirtschaftshirtenbrief* (《教会与经济。其精神基础之间的具有张力的对话。美国主教团的经济牧函》), Koeln 1986 (Beitraege zur Gesellschafts-und Bildungspolitik, 116).

Wirtschaftswoche. Das Unternehmerbild der Deutschen (《经济周报。德国人的企业观》), Part I, in: No. 43, 21. 10. 1983, p. 64—84.

Wirtschaftswoche. Das Unternehmerbild der Deutschen (《经济周

报。德国人的企业观》），Part Ⅱ，in：No. 44，28. 20. 1983，p. 60—66.

Wirtschaftswoche. Das Unternehmerbild der Deutschen（《经济周报。德国人的企业观》），Part Ⅲ，in：No. 45，4. 11. 1983，p. 68—76.

图书在版编目(CIP)数据

企业家的经济作用和社会责任／(德)魏尔汉著;雷立柏等译.
—上海:华东师范大学出版社,2010.10
ISBN 978-7-5617-8211-8

I.①企… II.①魏… ②雷… III.①企业家－研究 IV.①F272.91

中国版本图书馆 CIP 数据核字(2010)第 209320 号

华东师范大学出版社六点分社

企划人　倪为国

Der Unternehmer. Seine ökonomische Funktion und gesellschaftspolitische
Verantwortung
By Pauter H. Werhahn
Copyright © Pauter H. Werhahn
Originally published by Paulinus-Verlag, Trier, 1990
Wirtschaft aus christlicher Sicht
By Karl-Heinz Peschke
Copyright © Karl-Heinz Peschke
Originally published by Paulinus-Verlag, Trier, 1992
Simplified Chinese Translation Copyright © 2011 by East China Normal University Press Ltd.
Translation sponsored and organized by ORDO SOCIALIS
ALL RIGHTS RESERVED.
上海市版权局著作权合同登记　图字:09-2010-168 号

基督宗教译丛
企业家的经济作用和社会责任
(德)魏尔汉　著

雷立柏等　译

责任编辑　　倪为国
特约编辑　　晏文玲
封面设计　　吴正亚
责任制作　　肖梅兰

出版发行　华东师范大学出版社
社　　址　上海市中山北路 3663 号　　邮编　200062
网　　址　www.ecnupress.com.cn
电　　话　021－60821666　行政传真　021－62572105
客服电话　021－62865537
门市(邮购)电话　　021－62869887
门市地址　上海市中山北路 3663 号华东师范大学校内先锋路口
网　　店　http://ecnup.taobao.com/

印　刷　者　上海市印刷十厂有限公司
开　　本　890×1240　1/32
插　　页　1
印　　张　5.75
字　　数　140 千字
版　　次　2011 年 1 月第 1 版
印　　次　2011 年 1 月第 1 次
书　　号　ISBN 978-7-5617-8211-8/B·595
定　　价　18.00 元

出　版　人　朱杰人

(如发现本版图书有印订质量问题,请寄回本社客服中心调换或电话 021－62865537 联系)